漂移丛书

怎样回归，如何表达

中国当代文学研究论集

朱彩梅／著

云南大学出版社

YUNNAN UNIVERSITY PRESS

图书在版编目（CIP）数据

怎样回归，如何表达：中国当代文学研究论集 / 朱
彩梅著. 一昆明：云南大学出版社，2017
（漂移丛书）
ISBN 978-7-5482-3160-8

Ⅰ.①怎⋯ Ⅱ.①朱⋯ Ⅲ.①中国文学－当代文学－
文学研究 Ⅳ.①I206.7

中国版本图书馆CIP数据核字（2017）第285220号

策划编辑：徐 曼 责任编辑：宋 武 装帧设计：刘 雨

漂移丛书

怎样回归，如何表达 —— 中国当代文学研究论集

朱彩梅 / 著

出版发行：云南大学出版社
印 装：昆明市五华区理煜教育印务有限公司
开 本：889mm×1194mm 1/32
印 张：5.625
字 数：115千
版 次：2017年12月第1版
印 次：2017年12月第1次印刷
书 号：ISBN 978-7-5482-3160-8
定 价：30.00元

社 址：昆明市一二一大街182号（云南大学东陆校区英华园内）
邮 编：650091
电 话：（0871）65033244 65031071
网 址：http://www.ynup.com
E-mail：market@ynup.com

本书若发现印装质量问题，请与印厂联系调换，联系电话：0871-64167045。

语言漂移说正义（代序）

李　森

　　"语言漂移说"简称"漂移说"。它认为一切艺术语言均处于漂移状态，在漂移中生成诗意或非诗意，在漂移中寂灭或退隐、凝聚或新生；它认为诗性的创造既不来源于本质，也不来源于现象，而源于语言在漂移时刻的诗意生成。

　　语言漂移说之语言即艺术语言，它包括艺术中的日常语言、书写语言、视觉语言和符号语言等语言范畴。艺术语言既非形而上，也非形而下，而在形而中。"形而中"是艺术语言的滑翔地带，它摩擦着形而上和形而下穿行，形成自为自在的独立时空。我多年前试图阐明的"形而中诗学"作为一种诗学方法，是漂移说语言运动方法的构成部分。

　　一切艺术（包括狭义的语言艺术和广义的语言艺术），都在语言漂移说的观照范畴之内。

　　一切艺术都是语言艺术，除此之外，便无艺术。比如行为艺术，它是一种身体表现的艺术，身体在表现的场域（时空）中形成身体语言。身体语言只有在观照的时刻，才能生发为艺术语言。

　　一切艺术的可阐释性都包涵在其语言结构中，而不在语言结构之外。存在着脱离艺术语言的阐释，但那是非艺术阐释。非艺术阐释之大行其道，已经使艺术阐释全面沦落。

概念或观念阐释总是脱离艺术语言的阐释而自成系统，这种阐释或是哲学式的，或是社会学、文化学、人类学的，等等。非艺术阐释或是对艺术的过度阐释，或是语言漂移超越了艺术阐释的某种路径而形成的另外一种阐释。

语言运动的能力或张力，为任何阐释提供了可能性。艺术阐释如果有价值，那就必须为它划定一个界限，这个界限即是贴着艺术语言阐释的界限。

语言漂移说划定艺术阐释和非艺术阐释的界限，是为了证明艺术语言存在的不稳定性，不完全为了证明阐释的无效。然而，艺术阐释的无效性，亦是语言漂移的一种结果。

所谓阐释，当是语言漂移的路径，但不是说艺术需要阐释才能成其为艺术。事实上，那些伟大的艺术作品犹如一株芬芳出尘的空谷幽兰，它自身的存在已经达到了自足、直观、圆融的境界，它的存在本身无需阐释，因此，它反对阐释。不过，也正因为如此，它有无限多的可阐释性。但必须指出，那种种阐释，是开放的艺术语言自身被灵魂摩擦、砥砺而激活的诗意再生，不是概念或观念对艺术之美的反映。

语言漂移说的方法不仅是对艺术阐释的观照，也是对艺术创作的观照。

有效的艺术阐释或生成某种概念或观念，但其阐释路径总是贴着艺术语言，这是无需证明的常识；而无效的艺术阐释则必然形成"概念控"或"观念控"的逻辑系统，以"自圆其说"的冠冕堂皇调子反对常识。

有效的艺术阐释滋生诗意，甚至是无限多的诗意，它是诗意创造的种种形式；而无效的艺术阐释只有一个目的，那就是通过逻辑归纳和演绎系统获得知识。"自圆其说"的理论知识，多数是强词夺理的"伪知识"。

可靠而有效的艺术创作不表达、分有概念或观念的内涵。其创作过程或与概念和观念发生碰撞，但最终，它总是以一种回归事物、事态原初直观显现的力量，将概念和观念溶解而化生，恰如大海和盐。

从语言漂移说来观照，艺术理论、批评即创作。没有先验的某种理论和批评的出发点，只有具体的语言凝聚和绽放的路径。有效的艺术理论和批评在表达路径中成就自身，它不利用语言的表达或扩张能力奔向某个目标。作为动词的艺术、诗、美只能在语言自我开显的路径中具体地显现，而不可能呈现整体性的目标。艺术语言只有在被利用时才导向整体性的叙述目标。

没有上帝视觉的本体（整体）性的艺术之美，也没有上帝发声式的艺术法则。按照贡布里希的说法，没有大写的艺术（本体的艺术），只有具体的艺术家和艺术作品。进一步说，没有语言自在、自为、自我生发、蕴成之外的艺术。

在《色—彩语言诸相的漂移》一文中，我论述了"本在事象"最基本的四个漂移路径。即"直陈其事"的漂移、"修辞幻象"的漂移、"纯粹形式"的漂移和"意识形态"的漂移。这四个漂移路径囊括了所有艺术哲学或诗学理论的阐释路径。也就是说，古往今来的所有文艺理论或批评路径，都无出其外。本质主义—非本质主义、主—客二元结构理论、模仿说、反映论、形式—内容二元结构理论、形式主义、表现主义等等，均包含其中。这些理论先制造概念，再形成观念，然后利用逻辑归纳或演绎构建庞大而坚硬的系统，将艺术家和艺术作品关进牢笼。这些宏大的理论，都是语言漂移的种种结果，但语言漂移说将它们视为艺术阐释的无效阐释范畴。

我说的"本在事象"，即是艺术语言或它的结构。何以故？"本在事象"如果是非语言的，那么，我们对其一无所知，它们也不可能进入人类言说或表现的诗意世界。这就是说，人的感知或玄想的存在，是一种语言的存在，而不是实体的存在。人是语言的人，能感知的世界是语言的世界。说白了，人和他们的生活世界，神和他们被创作的世界，自然和它的存在，都是语言的存在。与生命有关的存在，通过语言才能确定。正如海德格尔所说："语言是存在的家。"除此之外，按照维特根斯坦《逻辑哲学论》第七命题的忠告："对于不可说的东西我们必须保持沉默。"老子的思想亦处于反对说、而又不得不说的两难之间，这当然是早期圣哲对人类的千古忠告。事实上，《理想国》里的柏拉图也处于说与不说的两难之间，但他还是以"假设"的支点和"比喻"的诗性表达方式说了许多，也虚构了所谓"理念"，为人类打制了一副"理性"胯下的马鞍。柏拉图为了做"哲学王"，为了打制这副理性的马鞍，怀着悲智、悲情之心，将诗人——他的灵魂的一半——自己也是个杰出的诗人，赶出理想国。但从他的全部对话录中即可看到，哲学，"本质上"是利用逻辑表达系统而言说的文学。不能洞明这一点，即是逻辑主义的智障患者。

艺术语言的漂移是具体的，而不是抽象的。一个词，一个句子，一个笔触，一点笔墨，一根线条，一种音声形色，作为语言运动的"表象"或"形式"，它们总是寂静地、平实地、纡回地或疯狂地处于某一个作品结构的"位点"上。而所有"位点"，都是"暂住"的位点，即漂移的位点——既不是"本质"的位点，亦不是"非本质"的位点，而是"暂住"的位点。理解这一点非常重要，因为语言漂移说，既非本质主义的，亦不是非本质主义的。因此，语言漂移说反对一切凝固的、教条的、逻辑主义的或任何主义的语言强暴。

　　一切艺术语言之为艺术语言的确立，都源于人的感觉、感知能力，然后，将其蕴成文字、旋律、节奏、形色或符号。用佛哲学（非佛教哲学）的看法，即源于"眼、耳、鼻、舌、身、意"这"六根"，通过此"六根"的感觉、感知发端，风春万物般与"色、声、香、味、触、法"这"六尘"的"情识"摩擦、蕴育而生发。有效表达的、蕴有纯粹诗意的艺术语言，是一种符号化暂住的、鲜活流荡的"蕴"，即一种自成意味的生命序列。它看似是系统性的，但"实质上"是碎片式的。朵朵桃花看似是一个整体，其实是蓬松一树那相似形—色、彼此陌生的碎片序列。当然，可以假设它是一个整体性序列，并与时序和空间相联系而蕴成之美，但仅仅是感觉、感知的一种假设性的观照。艺术语言的存在序列，犹如一树桃花，见与不见，开与不开，美与不美，都在观照的"此时"那个"位点"上"暂住"而被看见，被描绘。艺术语言的色—彩、笔—墨、笔—触、形—式，永远不能抵达那一树实体的、实相的桃花，因为语言艺术中隐秘的一树桃花，既非具体的一树桃花，也非本质（实相）的桃花。这是语言自身的决定，人或神都不能做此决定。

　　艺术语言的"暂住"，是语言漂移的"暂住"。是故，

"暂住"其实是诗意的"无所住而住"。《金刚经》说:"不应住色生心。不应住声香味触法生心。应无所住而生其心。"说的是,有"缘起",则"暂住",无"缘起",则"无所住"。在语言漂移中的"暂住",即是"生其心",生诗意之心。

每一个语词、每一个单纯的符号,都是一个小小的宇宙,一个处于寂灭或生发碰撞时刻的生命之蕴。

我们不能利用艺术语言,我们只能激活它,或拯救它。救救我们的语词吧,因为,它们是我们精神生命、现实生命的细胞。

诗意的语言存在,是心灵结构漂移幻化的某种样式;推而广之,可以观照的心灵结构存在的样式,亦是语言漂移迁流存在的样式。至于那些格式化心灵结构的存在样式,则是语言漂移迁流过程中自我固化的种种死亡格式。

从自我拯救语词开始,自我疗救审美智障,即是审美心灵、诗意心灵的自救。

语言漂移说的提出,是要告别所有诗学理论的。但这不是说,要以一种理论的雄心替代或征服另外的理论——那也是逻辑主义的神经病。如果人们有此看法,那是对此说的误解。因为,语言漂移说"本质上"并不是一种理论,而是一种开放的、处于语言运动自我生成诗意时刻的审美方法,一种素朴纯真的人性观照思—想,一种自我拯救语言—心灵的行动。在它为人之为人的审美自由开掘路径的同时,它就是某种随时处于被激活状态的审美自由。

2017.10.6 燕 庐

目　录

辑一/中国"第三代"诗歌研究

引领诗歌走上回归之路的
"第三代"诗人（上）

森林中有一条要迷路才能找到的小路。

——［瑞典］托马斯·特朗斯特罗姆

"第三代"是 20 世纪 80 年代继朦胧诗之后涌现诗坛的又一中国当代诗歌潮流，以"他们""非非""莽汉"等为代表。1986 年 10 月，徐敬亚策划大展，由《深圳青年报》和安徽《诗歌报》联合，用 7 个整版推出"中国诗坛 1986 现代诗群体"，众多诗人、流派的集体亮相给诗坛照进了一束耀眼夺目的光芒，如四川"非非主义""整体主义""大学生诗派""莽汉主义"，江苏"他们""日常主义"，上海"海上诗群""撒娇派"等。面对这一潮流，学界相继命名之"更年轻一代""第二次浪潮""后崛起""后新诗潮""新生代""实验诗""后朦胧诗""第三代"等①。诸多称谓中，"第三代"较为普遍，也得到许多身置其间的诗人的认可。

中国当代诗歌从 20 世纪五六十年代的歌功颂德、"文革"时期的政治口号宣言及民族化、大众化，到朦胧诗"我不相信"式的集体呐喊，一直服务于诗歌之外的某个目的。在这一历史语境中，"第三代"诗潮内部涌动出一股致力于使诗歌回到自身的力量，在高度自觉的语言意识指引下，诗人从回到个体与生命体验开始，不断探索回归诗歌本体的道路。

"第三代"流派纷呈，各流派之间无论是审美趣味还是艺术探索都存在一定差异，有的甚至相互矛盾、彼此抵触。笔者把作为诗歌运动的"第三代"和作为诗歌实体的"第三代"区别开来，尽量从诗歌文本出发，结合重要的诗学主张及诗人后续发展，以新诗史为参照背景，以当代诗学中的核心问题为线索，来论述"第三代"回归诗歌本体的诗艺探索、达到的艺术效果及其对当代新诗发展的意义。

① 参照洪子诚、刘登翰《中国当代新诗史》，北京大学出版社 2005 年版，第 207 - 228 页。

一、"第三代"诗人的回归诉求

中国新诗常因与时代、社会、政治过分亲密而沦为各种政治意识形态的传声筒。自"五四"以来，诗歌对内容的考虑始终优于艺术的锤炼，尤其是从五六十年代的歌功颂德、七十年代的血泪控诉到八十年代朦胧诗的"我不相信"，诗歌写作的中心一直是"写什么"，而不是"怎么写"。这种写作，其存在价值与生命力取决于所表达的思想观念、意识形态；其功能在于如何去认识和评价生活，如何在读者那里产生一种传播、教化效应，使之从中获得教益，得到现实指导；其目的在于如何充当时代、政治、道德的传声筒，并以此目的作为作品选材、构思的基点。这种写作是站在集体广场上的公众宣扬，它不是个体生命经验的诗性表达，而是公共声音的扩音器。朦胧诗的根本所指，乃是语言之外的主体理性、批判、反思，他们"与五六十年代政治抒情诗人们的不同，仅仅在于他们用人性、人道主义的意识形态取代了集权主义的意识形态。而在相信未来的黄金神话这一点上，他们表现出惊人的一致，并以启蒙者、传道士、救世主自居。"① 他们对生存的揭示多在认识意义和价值深度，依旧缺乏诗的本体意识。

尽管在中国现当代文学史上不乏诗歌艺术探索者，如格律派专注于形式与音节，九叶派强调诗歌内在的音乐性，何其芳、郭小川在诗歌与政治的摩擦中发现诗的张力，把文化记忆与现代经验的冲突转化为个人"小历史"与时代"大历史"的撞击，写出不少令人赞颂之作。但诗坛主流始终是意识形态领导下的诗歌民族化、大众化，语言在捕捉表象与表达观念中变得涣散、抽象。

20 世纪 80 年代早期，随着"朦胧诗"的逐渐退潮，由于各种情势的变更，诗歌的位置从"文革"前后发挥巨大政治能量、承担重要社会职能、贴近公众生活的前沿阵地，开始逐渐后撤、收缩。这个时期，国家政治力量要求诗承担政治运动、历史叙述责任的压力已明显减小，人们的社会生活正在走向"世俗化"，公众的政治情绪、集体意识急剧滑落，读者对诗的想象、期待也发生了诸多变化，朦胧诗那种雄辩、宣扬、诘问、布道的浪漫叙

---

① 胡彦：《当代汉语诗歌的几个诗学问题》，《当代文坛》2001 年第 5 期。

述模式声息渐弱。1980 年代中期，关于"纯文学""纯诗"的想象成为文学界创新力量的主要目标，这种想象在当时的历史语境中既带有冷淡的政治性抗议，也表达了文学因政治长久缠绕而谋求减压的愿望①。"第三代"诗人的内在诉求正与此相合——回到诗歌自身，回到语言，回到个体的生命经验。他们意识到，那种被称作"诗"的东西，以往似乎一直在诗之外，诗人们总是在动笔前就想着"为了什么"而写。觉醒一旦开始，他们便萌发了返回诗歌本体的强烈愿望。

文学史是"写什么"和"怎么写"的不断陌生化的历史，文学史意义上的写作是于传统之外，提供一种新的文学经验、话语方式或是某种新的质素。说"第三代"是一种具有文学史意义的诗歌写作，其根本在于它在"写什么"和"怎么写"上同时让诗歌回到自身，并拓展了诗歌书写空间。

诗究竟是什么？它是政治意识的传声筒？是为了提供某种认识生活、评价生活的载体和工具？回答显然是否定的。读者只有联系当时的时代背景才会明白，杨黎之所以写所谓的"废话"诗（《冷风

---

① 参照洪子诚、刘登翰《中国当代新诗史》，北京大学出版社 2005 年版，第 207－228 页。

景》《撒哈拉沙漠上的三张纸牌》），正因为在那之前，一首诗总得说出一个真理。诗不是社会、政治或文化、伦理的宣谕形式，诗人是为了写诗才动用各种事物、思想、观念，不是为了表达观念才写诗。诗就是诗，是诗之所以为诗的具有本原存在形式的诗歌自身。《尚书·舜典》有言："诗言志，歌咏言。"《诗大序》说："诗者，志之所之也。在心为志，发言为诗。"华兹华斯说，诗是一切知识的源泉。法国象征主义诗人波德莱尔则说："诗的本质不过是，也仅仅是人类对一种最高的美的向往，这种本质表现在热情之中，表现在对灵魂的占据之中，这种热情是完全独立于激情的，是一种心灵的迷醉，也是完全独立于真实的，是理性的材料。"① 这样的诗歌阐释、定义可以无限地列举下去，但永远也列举不出诗歌本身。

诗歌本身是一个言说不尽的话题，因为任何一种本体观都只是对对象从一个或几个角度透视的结果，每一种定义都只是抓住事物性质的一小部分而将更多的摈弃于外，人们在对本体的不断言说中接近它或是远离它。笔者同意贡布里希之意：没有大

① ［法］波德莱尔著，郭宏安译：《1846 年的沙龙——波德莱尔美学论文集》，广西师范大学出版社 2002 年版，第 180 页。

写的艺术，只有艺术家和艺术品。① 诗歌也一样：没有大写的诗歌，只有诗人和一首一首具体的诗。诗歌与僵滞的理论和狭隘的学科规诫无关，其内涵是随历史语境变迁而不断调整方向与范围、不断被重写与刷新的。人们关于诗歌的印象、理解不是从概念得来，而是从一首一首跃入眼帘的诗歌综合而得。任何一首好诗汇入读者的心灵，都有可能更改、拓展他对诗歌的认识。

　　"第三代"代表诗人于坚强调："诗是语言创造的一个存在之场，离开了这个场，诗就不存在"，它"就像某种自然之物，在关于它的命名中我们无法感觉、知道它，我们说什么是诗的时候，我们必要进入一个诗的场。我们指着一首诗说，这就是诗"②。但是，当我们指着一首诗说"这就是诗"时，内心深处同时又涌现出超乎诗歌文本的一些朦

---

　　① "实际上没有艺术这种东西，只有艺术家而已。所谓的艺术家，从前是用有色土在洞窟的石壁上大略画个野牛形状，现在则是购买颜料，为招贴板设计广告画；过去也好，现在也好，艺术家还做其他许多工作。只是我们要牢牢记住，艺术这个名称用于不同时期和不同地方，所指的事物会大不相同，只要我们心中明白根本没有大写的艺术其物，那么把上述工作统统叫做艺术倒也无妨。"［英］贡布里希著，范景中译：《论艺术和艺术家》，见《艺术的故事》，生活·读书·新知三联出版社 1999 年版，第 15 页。

　　② 于坚：《棕皮手记：诗如何在》，《天涯》2008 年第 5 期。

胧、模糊的云雾，这些云雾虽已不再是那首具体的诗，但它是此在的"彼"，是诗歌自身蕴含的力量，是语言之"有"激活的诗意之"无"。

诗歌的力量不在于传达真理，而在于让人深入体验，它是存在在语言中的显现。诗人写诗，读者读诗，都需无"为了什么"的目的，只有无目的，才能真正进入诗；进入诗后，"什么"自然就呈现了，这即康德所谓的"无目的之合目的性"。"第三代"诗人对诗歌依附于政治与文化深感悲哀，试图让诗歌摆脱对其他因素的依赖，回到自身。他们深知，只有"摆脱了卑微的政治动物和神秘的文化动物"，才能到达"艺术创造的前沿"①。

二、"第三代"诗人的语言自觉

诗歌是语言的艺术，"第三代"诗人的回归首先体现为语言意识的自觉。这种自觉不仅表现于他们对传统诗歌语言方式的怀疑，对隐藏在这种语言方式背后的思维方式与价值观念的精神反思，也体现为那种语言与生命一体同构的诗学见解与创作实践。

---

① 韩东：《三个世俗角色之后》，见吴思敬编《磁场与魔方》，北京师范大学出版社 1993 年版。

"第三代"诗人意识到诗歌只能在语言中出发、行进，而 20 世纪西方哲学界的语言论转向也为他们的语言自觉提供了启示。语言转向沿着两条路线展开，英美语言哲学的科学主义路线和欧洲大陆语言哲学的人文主义路线。"第三代"认同后者：语言即人类存在的基本方式和生活经验的存在形式，人、事物、世界均存在于语言之中，"语言是存在之家"①，"我的语言的界限意味着我的世界的界限"②。海德格尔指出，语言既会使存在遮蔽，也能使存在澄明，诗在本质上应是使存在澄明的本真语言，"诗是给存在的第一次命名，是给万物之本质的第一次命名。……诗是一个历史的、民族的原始语言"，诗人要非常谦虚地去听语言，让语言说话，而不是让语言"委身于我们的意愿与驱策，听任我们将之用作工具，对存在者进行统治"③，或者自作主张地摆弄语言。只有如此，诗才能与本真澄明的语言和无遮蔽的存在达成同构一体，成为

---

　　① ［德］海德格尔：《通向语言之路》，引自今道友信等《存在主义美学》，辽宁人民出版社 1987 年版，第 95 页。
　　② ［英］维特根斯坦：《名理论》，北京大学出版社 1988 年版，第 71 页。
　　③ 转引自孙基林《非非主义与西方语言哲学》，《诗探索》1997 年第 4 期。

澄明之境的本源所在。

"第三代"诗人的语言自觉，比较突出地体现于"他们诗派"的于坚、韩东等。每当批评家谈及"第三代"的"反文化"① 特性，就不由让人想起韩东振聋发聩的"诗到语言为止"之说，此论充分展现了"他们诗派"回归诗歌的努力方向及其以语言为核心的本体论诗学。韩东还分析了多年来中国诗歌所承担的政治、文化、历史角色，并以"去政治化""去功利主义"的方式，将诗歌引向了个体意义上的诗学本身②。无疑，除"消解崇高的零度抒情""反意象化的写作模式""反讽和黑色幽默的语言狂欢"之外，"第三代"也通过丰富诗歌的表现技法，"使诗歌成为更加切近人生、更

---

① "先锋诗以'反朦胧诗'的姿态出现，反崇高、反理性、反文化、反抒情、反变形……"，见李丽中、张雷、张旭编选：《朦胧诗后——中国先锋诗选》"序言"，《先锋诗：朦胧诗后的骚动与诗美的嬗变》，南开大学出版社 1990 年版，第 7 页。

② 韩东在《三个世俗的角色之后》中曾结合北岛的创作这样阐述他对"政治的角色"的理解："在中国，政治上的成功总比艺术上的成功来得容易。这是我们血液里的经验。……诗歌巫动的危险隐藏在历史事件中。我们不可能从跌倒的地方爬起来，并借此一跃，除非我们永不跌倒。我们不再相信屈服过的人生。我们要摆脱作为政治动物的悲剧就必须不再企图借此发迹。"见吴思敬编选《磁场与魔方》，北京师范大学出版社 1993 年版。

加切近人的感性生命的一种艺术形式"①。

格律和自由构成了新诗发展中的一对基本矛盾，它们关涉到诗歌的节奏。节奏一贯为诗人所重视："声与音的本体是文字里内含的素质；这个素质发之于诗歌的艺术，则为节奏，平仄，韵，双声，叠韵等表象。寻常的言语差不多没有表现这种潜伏的可能性底力量，厚载情感的语言才有这种力量。诗是被热烈的情感蒸发了的水气之凝结，所以将这种潜伏的美十足的充分的表现出来。"② 的确，平仄、韵、双声、叠韵这些只是节奏的表象，诗歌更重要的是内在节奏。看似与格律相矛盾的自由，其实并非影响诗歌节奏的有害因素。基于此，于坚强调诗歌的"语感"——"在诗歌中，生命被表现为语感，语感是生命的有意味的形式"③，它直接体现为诗歌的内在节奏；诗人的语感"一定和生命有关，而且全部的存在根据就是生命……所以我们说诗歌是语言的运动，是生命，是个人的灵魂、

　　① 张立群：《现代性的延伸与变异——"第三代诗歌"观念论》，《南都学坛》（人文社会科学学报）2008 年第 1 期。
　　② 闻一多：《闻一多全集》第二卷，湖北人民出版社 1994 年版，第 62 - 64 页。
　　③ 于坚：《现代诗歌二人谈》，《云南文艺通讯》1986 年第 9 期。

心灵，是语感，这都是一个意思"①；而"语感是存在与语言浑然整一的交互状态，它既是一种存在本体，又是一种语言本体，因而从某种意义上说，'第三代'诗学也是一种语感本体论诗学"②。语感是语言中的生命感，是生命或事物得以呈现的语言形式。诗人将生命投入语言言说中，使之处于存在的敞开状态。他们以原始本真的语言，对事物给予第一次命名，使其成为澄明无遮蔽的存在之显现③，或是将世界和事物还原为一种超语义存在的声音，让人倾听到本原宇宙的天籁……这一切呈现为一种纯粹的语感状态，让人在语言中，碰触生命与事物。

在中国诗歌中占据核心的一直是意象。传统意象的指向往往是语符之后的那个深度意义，如"玫瑰"作为意象，重要的不是"玫瑰"这个语词，也不是一枝"黄色的"或"红色的玫瑰"本身，

---

① 于坚、韩东：《在太原的谈话》，《作家》1988 年第 4 期。
② 孙基林：《第三代诗的本体意识》，《诗探索》1996 年第 2 期。
③ 参阅［德］海德格尔《诗·语言·思》，黄河文艺出版社 1989 年版，第 189 页。

而是"玫瑰"所指称和象征的意义——爱情①。语感则是一种语言形态，或语言所呈现的生命形态或事物形态，它坚持语词的及物性或指物性，远离观念、文化语义等符号深度，在返回语言的同时抵达生命和事物。于坚的很多诗都立足于具体生存环境，在生活中倾听语言，从身边的事物中发现诗句，并把个体的生命气息灌注于流淌的语感中。如下面这首：

尚义街六号

法国式的黄房子

老吴的裤子晾在二楼

喊一声　胯下就钻出戴眼镜的脑袋

隔壁的大厕所

天天清早排着长队

我们往往在黄昏光临

打开烟盒　打开嘴巴

打开灯

……

① 于坚在 1990 年代初曾经写过四首关于"玫瑰"的诗歌，《正午的玫瑰》《正午的玫瑰　另一种结局》《被暗示的玫瑰》和《关于玫瑰》，这组诗是对传统诗歌中"玫瑰"一词所暗示的爱情、诗意、浪漫的故意解构。诗歌清除了附加在"玫瑰"上的隐喻文化，使"玫瑰"这一意象获得复活的可能。

那是智慧的年代

许多谈话如果录音

可以出一本名著

那是热闹的年代

许多脸都在这里出现

今天你去城里问问

他们都大名鼎鼎

外面下着小雨

我们来到街上

空荡荡的大厕所

他第一回独自使用

一些人结婚了

一些人成名了

一些人要到西部

老吴也要去西部

大家骂他硬充汉子

心中惶惶不安

吴文光　你走了

今晚我去哪里混饭

恩恩怨怨　吵吵嚷嚷

大家终于走散

剩下一片空地板

像　张空唱片　再也不响

在别的地方

我们常常提到尚义街六号

说是很多年后的一天

孩子们要来参观①

——于坚《尚义街六号》

在古典诗和朦胧诗中占据核心位置的意象，到了于坚这里，则被笼罩着诗的浑然自在的流动语感所取代。在意象主导的诗中，一些诗句凸出于整首诗的水平面，成为中心句、警句。重视语感的诗则像流淌的生命、晃荡的波纹，不可分割，难以破译，一首诗是一个有机生命体，没有一个部分可以离开其他部分而无损其独立和整体的价值。要从《尚义街六号》中提炼出名句几乎是不可能的，它们从始至终灌注着一股气脉，无论从哪里取出一句或几句都将破坏它们自如的流动感。诗歌不再是意识形态、道德观念的传声筒，而是一种流动的语感，它来自诗人的生命体验，和诗人内心的节奏息息相通。

中国现当代诗歌长期在主流意识和政治话语的笼罩下，到"第三代"才摆脱了生活百科全书或时代镜子的"光荣"，重新作回一根敏感的感觉神经，感受大地深沉的脉动。在诸多"第三代"诗中，风格"不是指某种与诗人无关的语法、单词和

---

① 选自洪子诚、程光炜编选《第三代诗新编》，长江文艺出版社 2006 年版，第 7 - 10 页。

行文特点"，而是"内心世界和语言的高度合一"①。诗人对语言的尊重表现为对所生存的世界与文化的深入体验、感悟，这种体验与感悟既是个人的、独特的，同时又具普遍性，既具有强烈的命运感，又暗含着深刻的历史感。回归语言、回归诗意得以产生的现实人生和历史文化环境，"第三代"在这种不懈追求中努力趋近诗歌本体。他们"走向生活、走向语言以及走向诗歌本身，都以某种紧迫感、混同感的方式表现其个人的理想主义心态"②。

"第三代"诗潮是"继五四、朦胧诗两大破坏过程的继续，它终于使现代诗与中国语言在总体上达到了同构、一致与溶合，造成了几十年来诗的最舒展时期"③。在"第三代"这里，生命所遭遇的日常世俗、平淡中的欢欣鼓舞以及巨大的磨难与挫折，都逐渐地、纷纷地由语言来揉搓，来平复，来深入，来超越。诗人在语言中经历生命，在语言中说出自己，说出他人，说出人类。语言照亮黑暗中的事物、心灵，一切都在语言之光中闪现。

① 韩东：《前言》，见唐晓渡、王家新编《中国当代实验诗选》，春风文艺出版社 1987 年版。

② 张立群：《现代性的延伸与变异——"第三代诗歌"观念论》，《南都学坛》2008 年第 1 期。

③ 徐敬亚：《圭臬之死——朦胧诗后（上、下）》，《鸭绿江》1988 年第 7、8 期。

三、回归诗人个体与生命经验

回到诗歌本体的途径有无数条，"第三代"诗人从回归个体与个体的生命经验开始。

这里谈论的个体是在精神层面展开的，诗人对既成价值体系的盲从，满足于依靠现成话语进行写作，都是个体意识缺失所导致的。"第三代"诗人在写作上已不愿再作代言人或教导者、立法者，他们主动回到个人自身，并深入切入生活，"比起朦胧诗人关注那个整天皱着眉头作思考状的社会自我，他们更关注的是那个处于社会与自然之临界的孤独的自我"①，如"日常主义"诗派所言："毫无意义的事物常常与每个个人形成安静激烈的对峙，逐渐成为你所依附的一部分，人类就是这样陷入无尽的盲目之中，'共同性'成为一种灾难已久。我们的诗将与同化逆反。"② 抵抗"共同性"，寻求差异性，"与同化逆反"，这些成为日常主义写作的内在追求。唐晓渡也说："实验诗之所以成为可能，以诗人主体意识的觉醒和高扬为前提。……正是在这意义上，实验诗使作为个人的诗人成为一种存在

---

① 周伦佑：《"第三代"诗论》，《艺术广角》1989 年第 1 期。
② 徐敬亚、孟浪等编：《中国现代主义诗群大观 1986－1988》，同济大学出版社 1988 年版，第 232 页。

的启示，使诗的可能性同时显示为人的可能性。"①
在"第三代"诗人这里，写作，真正从个人开始。

从抒情方式看，"第三代"诗人反对"在权力
社会以'人民'的名义抒情和现代诗歌中以'人
类'的名义抒情"（韩东语），针对朦胧诗假、大、
空的虚伪抒情，韩东提出"第一次"抒情的概念。
他们不反对抒情，但反对凌空蹈虚的叫嚣、呐喊的
抒情方式。与朦胧诗意象化的热抒情不同，"第三
代"更倾心于叙事性的冷抒情，在叙事中克制情感
的抒发，这种"零度感情"的叙述方式试图对生
活进行纯粹的客观还原，以最大限度地还原生活的
真实。在韩东的《哥哥的一生必天真烂漫》、吕德
安的《父亲和我》等诗中，诗人通过事件、细节
或场景的描述来使诗歌语言产生一种戏剧化效果。

诗人向个体的回归也体现在诗歌文本的声音、
语调上。T. S. 艾略特曾区分诗歌中的声音："第一
种声音是诗人对自己或不对任何人讲话。第二种声
音是对一个或一群听众发言。第三种声音是诗人创
造一个戏剧的角色对另一个虚构出来的角色说他能
说的话。"② 按照艾略特的划分，第一种声音是独

① 唐晓渡：《序言》，见唐晓渡、王家新编《中国当代实
验诗选》，春风文艺出版社 1987 年版。
② ［英］T. S. 艾略特：《诗的三种声音》，见王恩衷编
《艾略特诗学文集》，国际文化出版公司 1989 年版，第 294 页。

白性的，第二种声音是宣讲或布道式的，第三种声音则是戏剧性的对白。朦胧诗的批判意识和英雄主义倾向具有一种广场上的布道性质，它们要对群众发言，但1980年代现代人自尊自爱的平民意识开始上升，冷态的生命体验取代了贵族英雄气息。于坚梳理了从"五四"时代郭沫若以来一直到"朦胧诗"的诗歌传统，他认为这些诗歌的基调就是从"呐喊"到"我不相信"①。这种依附、追随时代潮流和社会潮流的写作，其最高荣耀就是要成为时代精神的传声筒。到了"第三代"，诗歌发出别一种语调，在这些诗歌中，能"看到一种冷静、客观、心平气和，局外人似的创作态度。诗人不再是上帝、牧师、人格典范一类的角色，他是读者的朋友，他充分信任读者的人生经验、判断力、审美力。他不指令，他只是表现自己生命最真实的体验。"② 诗歌从时代、政治的传声筒回到表现"自己生命最真实的体验"，诗人从生命角度去理解诗歌，视语言与生命为同构关系，不去追求新鲜的意象或精致的修辞，而是致力于在诗歌的语感、语

---

① 于坚说："中国五四以来的新诗，到北岛们可以看成一个连续的时代，以呐喊为基调，经历了建立—肯定—衰竭—否定的过程。"见《诗歌精神的重建》，载陈旭光编《快餐馆里的冷风景》，北京大学出版社1994年版，第261页。

② 于坚：《诗歌精神的重建》，见陈旭光编《快餐馆里的冷风景》，北京大学出版社1994年版，第261页。

调、语势中实现语言与生命的互溶，达到一种自然、自在的诗美。

"第三代"诗人注重对个体生命经验的诗意表达。"他们诗派"关心的是"诗歌本身，是诗歌成其为诗歌，是这种由语言和语言的运动所产生美感的生命形式。……是作为个人深入到这个世界中去的感受、体会和经验，是流淌在诗人血液中的命运的力量。"[①] "非非主义"致力于清除感觉中的语义障碍，使诗人与世界真正接触、直接接触。"整体主义"相信"艺术的永恒与崇高在于它不断地将人的存在还原为一种纯粹的状态。……这种状态同时又显示为既无限孤独又无限开放、既内在于心灵又外在心灵的生命体验。对于这体验而言，所谓的现象与本质、主体与客体、自我与宇宙、瞬间与永恒……逻辑主义或语言学的分析范畴，都将因丧失确定对应而被艺术拒绝。"[②] 由此可见，对个体生命经验的诗意表达是"第三代"一致的写作追求。

当然，之前的现代诗人也强调生命体验，但他们的体验多是刻意升华式的，往往有意拔高，与宏大的公共性质的国家、政治、民族等生硬地联系在

---

① 徐敬亚、孟浪等编：《中国现代主义诗群大观1986—1988》，同济大学出版社1988年版，第52页。

② 同上书，第130页。

一起。"第三代"诗人之不同在于，无论是韩东、于坚、翟永明，还是西川、王家新，他们不再试图进行"宏大抒情"，而是致力于个体生命的自我感悟。诗人勇敢地面对自己的生命体验，哪怕它是压抑的、卑俗的甚或变态的。他们客观冷静地把生命、意识、内心状态作为审美对象：一首诗就是一次生命的体验，一首诗就是一个活的灵魂。韩东强调，"诗歌的美感完全是由个人的生命灌注给它的，又是由另一具体生命感受到的。"① 于坚则善于将体验具体化、过程化、细节化，在一些诗歌中，他把物理时间刻意拉长，如电影中的慢镜头特写一样，诗人每一瞬间的感受都得到了放大、延伸，这种延伸引导读者更清晰、更细致地体察周围世界中那些一再被我们忽视的事物和被遮蔽的诗意。王家新、西川等人更重视内在的、形而上的精神体验，他们将自己作为宇宙万物的一员，在无限时空中体验生命，探索个人精神的深度、广度，如西川的《在哈尔盖仰望星空》，流露出诗人在茫茫星空之下对宇宙之神圣、无限的崇敬和对自我之卑微、渺小的惊惧。

翟永明、陆忆敏、唐亚平、伊蕾等女诗人亦从

① 徐敬亚、孟浪等编：《中国现代主义诗群大观 1986—1988》，同济大学出版社 1988 年版，第 52 页。

自身生命存在出发，在诗歌中展现作为女性特有的生命感受和灵魂体验。翟永明的表达尤为深刻，她努力发掘自我内心深层的生命体验，表达对女性命运的悲剧性感受，书写心灵走向中那些最朴素的感觉和富于"女性气质"的细微情绪与体验。她的诗中贯穿着对女性生命悲剧性存在的深刻体验，如其所言："每个女人都面对自己的深渊——不断泯灭和不断认可的私心痛楚与经验——并非每个人都能抗拒这均衡的磨难直到毁灭。"[①] 毁灭的预感驱使她不断深入前人很少触及的女人内心的隐秘世界，在诗中曲折地表达女性的渴望与恐惧、期待与焦灼及自强与自卑的心灵骚动，进而思考女性的命运："我被遗弃在世上，只身一人，太阳的光线悲哀地/笼罩着我，当你俯身世界时是否知道你遗落了什么？//……有了孤儿，使一切祝福暴露无遗，然而谁最清楚/凡在母亲手上站过的人，终会因诞生而死去。"[②]（《女人》组诗之《母亲》）从自己的切身体验出发，诗人对女性命运的思考只是起点，她抵达的是对人类命运的思考。

"第三代"诗人遵从时代与内心的召唤，在语

---

①　翟永明：《黑夜的意识》，见吴思敬编《磁场与魔方——新潮诗论卷》，北京师范大学出版社 1992 年版。

②　洪子诚、程光炜编选：《第三代诗新编》，长江文艺出版社 2006 年版，第 200 – 201 页。

言自觉意识指引下，通过回归个体及其生命体验，使诗歌从对社会、文化的表层关注，转向了对人及其存在的深切注视，从附属于思想、政治、道德的宣传工具，转向了回归本体的自我独立。他们终于踏上森林中那条"要迷路才能找到的小路"。

引领诗歌走上回归之路的
"第三代"诗人（下）

曾经，眼睛比尖锐的镰刀更锋利

可以看清杜鹃的眼珠和每一点露滴，

如今他们挺直身子，也不太容易

分辨出许多孤单的星星。①

———［俄］奥西普·曼杰什坦姆

事物本是自在的，但随着文化发展，越来越厚的附着物包裹了它们，人们再难看见自足存在着的事物。其实不是事物被覆盖了，是文化、观念、意识及种种隐喻蒙蔽了据以洞见事物存在的眼睛。诗人要重温与世界初次相遇时的惊喜、讶异，得先擦亮自己的眼睛——挣脱固有观念，从中脱身出来，再就是清洗语词——去除附着其上的种种积淀。

语言在实现对世界的最初命名之后，变成一片

---

① ［俄］奥西普·曼杰什坦姆著，汪剑钊译：《沃罗涅日诗抄：曾经，眼睛比尖锐的镰刀更锋利》，《曼杰什坦姆诗全集》，东方出版社 2008 年版，第 227 页。

飘满杂物的湖水。只有清除水面漂浮着的泡沫、树叶、垃圾，湖水才能清晰映照天光云影，照见人类心灵。如何清理语词，"第三代"诗人从不同路径出发。于坚强调回到常识的生活中，观察你置身其中的世界，诗就在你看见的、感觉到的地方——就在那个场景中，抑或说场景中的事物即是诗。其具体可感的在场写作和直接处理事物的直白、纯朴与威廉·卡洛斯·威廉斯的"要事物，不要思想"具有精神上的相通之处。韩东则更着力于让事物摆脱历史、文化、政治、道德等外在因素的遮蔽和干扰，还事物以本来面目，使事物返回自身，成为"自在"。他们的路径各有侧重，却又彼此融通、交相辉映。

一、回归常识

20 世纪，人们普遍求新求变，渴望一个焕然一新、金光闪闪的新世界。这个世纪，中国文化思想的轨迹不断脱离常识，许多"必须如此的事，全被升华成壮举，将常识的东西加以升华，人的普遍标准就降到常识以下"，而"真正的生活乃是无意义的生活。也就是所谓常识的生活，这种生活其实正由于它的无意义才成为生活的常态和永恒"①。

脱离常识、不断升华的倾向在文学中较为普遍。各种传记、回忆录、祭文、题词、悼文中，作家、诗人的存在状态都毫无例外地被升华了，他们被描绘成一群伟大、悲壮而神圣的人物。与此同时，人们的日常生活被视为繁琐、无聊甚至是卑下的，是毫无意义、不值一提的，只有光明向上、积极乐观、高处、远处、未来才值得书写。此时此地的生活，不过是为了某个崇高理想的即将实现而苟且忍受。美好的事物在远方，美好的人生在明天，"生活在别处"成为大多数人的生存现实。

对"生活在别处"的畅想、书写成为文学的现实。作家根据主流意识规约的意义大小、价值高低来提炼生活中的人、事、物，写作成为对闪光事物的歌颂、对常态事物的忽视，个人的日常生活、切身体验都是微不足道的。大多数人的记忆是过滤后留下来的具有重大历史意义的集体记忆，与之相应的表述也无不隐含着面向集体发言的口吻、语调。20 世纪是一个"中国人集体在焦虑中寻找生活之意义的世纪。革命使得所有的记忆都成为了历

① 见李劼、于坚对话：《回到常识　走向事物本身》，《南方文坛》1998 年第 5、6 期。

史储藏室，失去的时间根据它的意义的深浅，仅仅留下那些‘前进’、‘升华’的时刻”。即使那些号称个人写作的东西，“它们仍然是基于一种集体记忆的”①。

正是基于此，于坚才强调回到常识的生活。常识是维系一个民族保持稳定延续而不致走极端的基础，其大用在于，既可用以拒斥、颠覆种种“过度阐释”，将人为复杂化的问题还原为简单；也可用以纠正由僵硬理论、简单化思维导出的对存在的简单化理解，还存在以原有的丰富性。一个民族具有形而上的意志，怀有开拓新世界的愿望，原是极好的，但当一个民族集体性地连同生活的基本常识都一概否定时，那就不免有几分可怕了。集体升华会使人对日常生活中事物、心灵的生动性、丰富性熟视无睹，在文学中，它将导致虚空、虚假、虚伪、虚饰。

在一个集体普遍习惯了升华思维的时代，如维特根斯坦所说，要看见眼前的事物是多么难啊。长久以来，对集体记忆的集体书写使作家的个人记忆成为不可随意涉及的阴暗角落，作家也习惯了那样

① 见李劼、于坚对话：《回到常识　走向事物本身》，《南方文坛》1998 年第 5、6 期。

的高蹈凌空。因此，"文革"以后，人们恢复了写作自由，却很难恢复正常的写作能力。作家、诗人还是只能从集体记忆开始，他们不是描述个人的生活和体验，而是思考"时代"希望我写什么。于是，建立在乌托邦崇拜之上的理直气壮的呐喊、虚妄的思想充斥在语言中，语言飞离实在的大地，在白云上面虚飘过往。人们看见的不是眼前的事物，而是事物代表的所谓文化、政治寓意。

在这样特殊的历史语境中，诗人回到大地、回到现场、回到常识、回到语言、回到诗歌自身的写作就显得格外艰难。但艰难的探索，打开的是一片开阔的空间，翻开于坚的《罗家生》《尚义街六号》或是《守望黎明》《避雨之树》《阳光下的棕榈树》，韩东的《我们的朋友》《温柔的部分》《明月降临》《你的手》等诗作，眼前的世界变得亲切、实在，一切都似乎触手可及。饱含生命汁液的语言充满质感，显现出诗人对生活最敏感、最人性的发现和理解。那些在革命浪漫主义抒情诗中高悬枝头的意识形态的、形而上的"大词"消失了，取而代之的是潜藏于人的日常生活、与读者息息相关的动人语言。

在这些诗中，读者找回自己的个人记忆，回到已远离多年的常识世界。一种此时此地的写作开始在无限升华的漫天妄语中扎根。语言因回到具体、常识，不再是机械式的一对一关系，它回到丰富多向的存在本身，语言再次充满生成无限可能性的活力。"第三代"诗人这种回归常识、关注个人切入世界的写作从1980年代早期就已开始，但经过多年努力，那个强大无比的升华式思维和写作传统依然主宰着诗坛，一些诗人依旧热衷于集体乌托邦的太阳、麦地、王子。有些先锋诗歌，"不过是词汇的变化史，基本的构词法'升华'，从五十年代到今天并没有多少变化，不过把红旗换成了麦地，把未来换成了远方而已。……海子的写作还反映出所谓的先锋派的一个基本倾向，就是大词癖。脱离常识的升华式写作必然依靠大词。"[①]

人的记忆在"家"中。诗歌唤醒人对"家"的记忆，恢复心灵对那些具体细微事物的感知与怀想，让飘荡在时代荒原的孤魂重新找回失落已久的"家"——这是写作的天然使命。然而现实就像谢有顺感叹的那样："这本来是每个诗人最基本的写

① 见李劼、于坚对话：《回到常识 走向事物本身》，《南方文坛》1998年第5、6期。

作方向，为什么却只有于坚等少数几个人在做？"①

二、回到具体事物

在集体升华的积习和氛围中，人们面对事物却看不见事物，看见的只是事物所代表的文化符号。见到乌鸦就直接想到"枯藤老树"，或是"不祥的预示"；见到大海就想到自由（普希金《致大海》中把大海称为"自由的元素"），联想得再远点那就是不怕暴风雨的"海燕"（高尔基《海燕》）；见到土地就想起母亲的胸怀；见到河流就想起革命者的血液……乌鸦、大海、土地、河流这些与我们息息相关、就在眼前的日常事物，统统成为富于暗示的文化符号，总是象征着什么，隐喻了什么。

事物被厚厚的文化积淀包裹着，"文化"横亘在人与事物之间，人们说不出事物的存在，只能说出事物的文化。在强大的文化中，人丧失了自己，没人相信诗人笔下所写的太阳就是天上的那个太阳，黎明就是天亮了的那个黎明，他们坚信诗人一定物有所指，太阳代表什么，黎明象征什么。"这种追求意义和深度的说话方式，事实上是对存在本

---

① 谢有顺：《回到事物与存在的现场——于坚的诗与诗学》，《当代作家评论》1999 年第 4 期。

真的遗忘和漠视，它最终把人变成现存文化的奴隶，丧失活力和创造性。"① 词被反复使用后，致使"纯粹的表象在语言中并不存在，因为每一个词都是一部陈词滥调的历史"②，因为"词作为痕迹不可避免地是各种地域、时代、意识形态、权力和身体对其意义进行赋予和涂抹的产物。词绝非清白无辜。词是历史的折痕，展开它就能得到一个时代的世界图景。"③ 一个词被多次反复使用之后，过去的文化价值和意义就附着、包裹在它上面，如果后来的写作者对此不加限制，词就会被自动赋予意义。欧阳江河曾举过一个例子，"文革"中经过"灭四害"运动后，在意识形态宣传中，"麻雀"已经失去了鸟类飞翔的特征，变成了和老鼠一样专门偷吃粮食的鼠类。更可怕的是，在这种麻雀鼠类化的宣传之后，还进行了一种价值上的判定——麻雀是害鸟，应该消灭，而其遗毒则统治了中国几代人的头脑。从语言角度看，这就是意识形态价值观对词的污染。所以，诗人要把"词"从层层叠叠

① 谢有顺：《回到事物与存在的现场——于坚的诗与诗学》，《当代作家评论》1999 年第 4 期。

② 于坚：《拒绝隐喻》，云南人民出版社 2004 年版，第 195 页。

③ 一行：《词的伦理》，上海书店出版社 2007 年版，第 68 页。

的文化价值和意义系统中发掘出来，洗去上面的文化污垢和意义污垢。

尽管过去的每一个词都已经变成了一部陈词滥调的历史，但写作并不是创造新词，或寻找稀有词汇，没有人可以完全依靠发明新词来写作，只是在写作中要防止、警惕词"不知不觉地被纳入一个自动获得意义的过程"①。词自动获得意义，就是对语言缺乏反省的自动化写作。诗人重要的是"应用旧词的能力，陈词滥调通过他的舌头出来，已经复活如初"②。写作就是把词从文化和意义价值的层层遮蔽中挖掘出来，使之"复活如初"。

如前所述，词被反复使用后，"升华为仪式，完全脱离了与特定事物的直接联系，成了可以进行无限替换的剩余能指"。在这种情况下，"每一个词都是另一个词，其信息量、本义或引申义，上下文位置无一不可互换。"③而"意义应该是特定语境的具体产物"④，不是从已经形成的意义系统中

———————

① 见欧阳江河《站在虚构这边》，生活·读书·新知三联书店 2001 年版，第 23 页。

② 于坚·《拒绝隐喻》，云南人民出版社 2004 年版，第 195 页。

③ 欧阳江河：《站在虚构这边》，生活·读书·新知三联书店 2001 年版，第 21 – 23 页。

④ 于坚：《拒绝隐喻》，云南人民出版社 2004 年版，第 23 页。

去分享。个人创造的语境须足够强大，才能有效抵御公共语境对一个词的意义的类型化。即便诗人用个人语境来重新规定和限定词的意义，也很难确定"具体文本所规定的词的意义一旦进入交叉见解所构成的公共语境之后，在多大程度上还是有效的"①。因此，个人语境可以复活一个词，但复活的程度却很难估量。

"第三代"诗人走上回归个体的写作道路后，试图清洗、复活语词，让诗歌回到诗歌自身，回到具体、日常、朴素的生活，直接面对眼前的事物，这是一条拨开重重迷雾让事物重见天日的秘密通道。这条道路一直在光天化日之下，被文化蒙蔽的眼睛看不见它，诗人看见了，它在下面的两首诗中时隐时现。第一首是韩东的：

> 有关大雁塔
>
> 我们又能知道些什么
>
> 有很多人从远方赶来
>
> 为了爬上去
>
> 做一次英雄
>
> 也有的还来做第二次

---

① 于坚：《拒绝隐喻》，云南人民出版社 2004 年版，第 16 页。

或者更多

那些不得意的人们

那些发福的人们

统统爬上去

做一做英雄

然后下来

走进这条大街

转眼不见了

也有有种的往下跳

在台阶上开一朵红花

那就真的成了英雄——

当代英雄

有关大雁塔

我们又能知道些什么

我们爬上去

看看四周的风景

然后再下来①

——韩东《有关大雁塔》，1985 年

  《有关大雁塔》被视为消解历史与文化传统的经典代表。大雁塔一直是文明古城西安的标志性建

---

① 选自洪子诚、程光炜编选《第三代诗新编》，长江文艺出版社 2006 年版，第 33 页。

筑，其本身已是历史、传统的象征。大雁塔的文化地位决定了它会像黄鹤楼和岳阳楼等文物一样，成为文人墨客们的歌咏对象。对这类文化标志，文人们惯常的做法是加法：怀古加咏怀，将对个人遭际或时政世事的诠释评价通过记忆附加到被歌咏对象已有的文化积淀之中。韩东与众不同，他在这首诗里做的是减法。面对大雁塔，诗人在语言中割裂了它本身之外的一切文化记忆，让大雁塔重回一座塔，一座建筑。诗人借助"大雁塔"这个"庞大"语象来消弭在人们思维中赋予大雁塔的崇高、神圣："有关大雁塔／我们又能知道什么／我们爬上去／看看四周的风景／然后再下来"。被某种世俗与传统价值观所掩盖住的"大雁塔"在诗行中被还原，回到它本身的状态。

此诗不仅是对有关大雁塔的历史及文化记忆的拒绝，更是对前代诗人写作方式的拒绝。这一点，只需对比韩东的《有关大雁塔》与杨炼的《大雁塔》，或是他的《你见过大海》与舒婷的《致大海》，即一目了然。

第二首是于坚 1980 年代即开始酝酿的作品，成诗于 1990 年：

当一只乌鸦　栖留在我内心的旷野

我要说的　不是它的象征　它的隐喻或

神话

我要说的　只是一只乌鸦　正像当年

我从未在一个鸦巢中抓出过一只鸽子

从童年到今天　我的双手已长满语言的

老茧

但作为诗人　我还没有说出过　一只乌鸦

……

它是一只快乐的　大嘴巴的乌鸦

在它的外面　世界只是臆造

只是一只乌鸦无边无际的灵感

你们　辽阔的天空和大地　辽阔之外的

辽阔

你们　于坚以及一代又一代的读者

都是一只乌鸦巢中的食物①

——于坚《对一只乌鸦的命名》，1990 年

　　于坚拒绝隐喻是为了复活隐喻。他回到与世界、与"在"的第一次相遇，试图说出"栖留在我内心的旷野"那只"快乐的大嘴巴的乌鸦"，并用细节和场景中的真实一层层掀开"语言的老

---

　　① 选自于坚《对一只乌鸦的命名》，国际文化出版公司1993 年版。

茧"，显现出"乌鸦"，完成对"乌鸦"的一次命名。当诗歌回到命名，它已在通往写作源头的路上。

诗歌使人们视而不见、习焉不察的乌鸦充满力量，变得鲜亮、夺目。这种力量不是来自惯常的文化隐喻、文化象征，而是来自事物本身。当乌鸦身上的文化积尘被清除干净，一只欢乐的、坦然自在的乌鸦出现在眼前，它在自己的空间中，之前被遮蔽、被隐藏在暗处的部分开始显现出来，读者被它本然的状态所震惊，它不卑下，也不高尚。它不像什么，也不意味着什么，它就是它自己。事物存在着，如此而已。

这只乌鸦和"枯藤老树昏鸦"的"昏鸦"第一次出现时一样光芒四射，这只大嘴巴"乌鸦"并不想吞灭那只经典"昏鸦"，它只是"乌鸦"存在的另一种状态。"乌鸦"本身是丰富的、意味无穷的，当人们只看得见"昏鸦"，只听得见不祥之声，那些没被看见的早晨的、中午的、夜晚的，或是饥饿的、落单的、衰老的乌鸦将在诗人笔下第一次出现。当这只快乐的大嘴巴乌鸦被人们看见，成为人们心中"乌鸦"的经典形式，它也会慢慢死去，成为另一只"昏鸦"。在别的诗人笔下，其他无数只潜伏在黑暗中的乌鸦会逐一显露，诗人永难穷尽"乌鸦"。

诗歌就是让黑暗中的"乌鸦"一次次被照亮，让人们在第一次看见的惊喜中重温过去的熟悉，在熟悉中添一笔添一画，使"乌鸦"死而复活。眼看"乌鸦"死而复活，人同时看见自己。在诗歌中，语言照亮存在，照亮心灵。凡是在诗歌中被语言照亮过的事物和心灵，终有一天会在经典化中死去，直到再次被照亮，再次复活。

诗歌史就是使事物和心灵不断复活的历史；每一次死去，都是生的呼唤；每一次复活，都即将死去。在事物死去的时代，心灵随之枯萎，有的诗人歌唱"昏鸦"以安慰自己，安慰世人，有的诗人则无法忍受以往时代的赞歌或"不祥之音"占领心灵。复活事物与复活心灵的重任自然落在不甘沦为奴隶的诗人肩上，他们费尽心血在语言中照亮一只乌鸦，使"乌鸦"复活起来承载这个时代的心灵。每个时代都不乏胸怀抱负的诗人。不过，在有的时代，诗人竭尽全力而未能实现梦想，在另一些时代，诗人则完成了伟大的使命。

历经一次次死去、一次次复活，人类心灵日渐丰富、开阔、深邃。诗歌通过保存事物保存了人类心灵，通过刻画事物的不同显现描绘了人类心灵的变化无穷。每个诗人都面对着人类的诗歌传统，同时也面对着他所处时代的诗歌现场。每写下一行诗句，他都必须经过过去和现在所有诗歌汇合而成的大海的检验。在巨浪滔天的海面，有的诗被冲散，消失得无影无踪；有的诗被淹没，沉入难见天日的海底；有的诗则随浪涛涌向四方，熠熠生辉。

无数鲜亮动人的诗歌隐喻沉入文化积淀，变成栩栩如生的"隐喻化石"。化石是美的，可惜已不再呼吸。面对这些美丽的化石，后来者会有三种态度：一是凝视、抚摸，想象化石曾经的鲜活，寄托自己此时的情怀；二是破坏它、摧毁它，这种方式也称之为"消解"；三是别过头去，回到身边的现场，寻找化石所属物种的具体存在物，从眼前和历史的混沌中揭示出其存在的无限中的另一种节律、秩序和生命形式。

化石如此美丽生动，抚摸化石是人的天性之一，但集体性的抚摸是乖戾残暴、俗不可耐的，纯粹的消解往往只能做到假装没有。心灵、语言与存在的天然应和使诗歌呼唤第三种方式，回到事物本身，在事物无言的诗性光芒中，给化石注入新的气息，使它获得新生。

就像快乐大嘴巴"这一只"乌鸦使"乌鸦化石"再次复活，在世界中也同在语言、心灵中一样，人类永远看不见那只整体意义的大写的"乌鸦"，只能看见"这一只"或"那儿只"乌鸦，因此，诗歌只能说出"这一只"或"那儿只"。正因人类永远说不出那只大"乌鸦"，言说才能永无止境地继续下去。诗人的无奈和欢乐都在其中，这是常识，也是诗歌和一切艺术的迷人之处。

三、来自生活的大生动

"第三代"的一些诗歌中，有着不经修饰的大生动，因为它接近大地，扎根于活泼泼的生活世界。在现象学家胡塞尔看来，"生活世界"是一个具有原初的自明性的领域，它是在前概念的、活生生的经验直观中给予的，所以它是抽象化、概念化的文明世界（尤其指科学世界）的根基。海德格尔指出，生活世界是一种自足的、有深意存焉的状态，我们无需反思与之打成一片；最重要的是，生活世界具有原生涌发力量，所有文明意义上的事物皆由其派生。大空、大地、世间万物、人生百态"本来就是诗意的，没有诗歌它们也存在于诗意中"，"诗意是先验的，但这个诗意是被隐匿在自然中的，是语言敞开了诗意"①。试看吕德安敞开诗意的独特方式：

> 父亲和我
> 并肩走着
> 秋雨稍歇
> 和前一阵雨
> 好像隔了多年时光
>
> 我们走在雨和雨的
> 间歇里
> 肩头清晰地靠在一起
> 却没有一句要说的话
>
> 我们刚从屋子里出来
> 所以没有一句要说的话
> 这是长久生活在一起
> 造成的
> 滴水的声音像折下的一条细枝条
>
> 像过冬的梅花
> 父亲的头发已经全白
> 但这近乎于一种灵魂

---

① 于坚：《棕皮手记：诗如何在》，《天涯》2008 年第 5 期。

会使人不禁肃然起敬

依然是熟悉的街道
熟悉的人要举手致意
父亲和我都怀着难言的恩情
安详地走着①

——吕德安《父亲和我》，1985 年

在这首诗中，可以清晰地感觉到诗歌从诗意乌托邦向当下生活的回归。诗人从此时、此地发现诗句，抵达本真，让日常生活中潜藏的亲切、温暖慢慢呈现。然而，将日常生活经验融入诗歌并非易事。每个人都生活在自己的日常中，但并非所有的日常经验都那么可靠。"秋雨稍歇/和前一阵雨/好像隔了多年时光"，时光在雨和雨的间歇绵延，空气潮湿，时间缓慢下来，"滴水的声音像折下一条细枝条"，我们"肩头清晰地靠在一起/却没有一句要说的话"，诗人沉默的感恩和单纯的情感自然生发，与文化、观念、想象无关。

这首表面看似极为生活化的诗，却蕴藏着无心的煞费苦心。诗中的人、事物、心灵、世界都处于

---

① 选自洪子诚、程光炜编选《第三代诗新编》，长江文艺出版社 2006 年版，第 56 页。

存在的敞开状态，这个敞开状态是在言说中实现的。秋雨洗亮树枝，洗亮语词，语词撇开多年积淀的尘埃，朝向具体直观的原始意义，朝向澄明的本真。"我"与父亲的心灵交融在清新质朴的叙述中逐渐显露，难言的恩情在澄澈的语词间无声传递。诗人敏锐地洞见了事物的相似，让过冬的梅花与父亲全白的头发，在存在和想象中交相辉映。生活涌发的无言之美流淌在字与字、行与行的间隙，直观而动人。

不难理解"第三代"优秀诗歌中涌现的大生动。在远离"政治抒情诗"浮夸的革命浪漫主义和"朦胧诗"象征主义诗学体系的基础上，"第三代"重建了自己时代的诗歌精神。他们拒绝面向"未来"或"生活在别处"，只是回到个体的生活经验和生命体验，从中发掘平凡、朴素的诗意之美和人情之美。

有时人们会把传统的、自己熟悉的表现方式当作诗歌写作的不二法门，一旦看到出现陌生的表达方式就义愤填膺。如果能把过去认为的海燕是暴风雨来临前的先兆、橡树代表爱情、大海是母亲广阔的胸怀等等这些想法，统统置之脑后，像从其他星球起航探险刚刚飘临此地一般，初次面对眼前的世界，就能发现世间万物具有多种出人意料的显现方式。先入之见当然不容易排除，但在这方面勇于探索的诗人往往创作出震撼人心之作。如韩东、于坚试图清除掉传统诗歌附加于语词（事物）的厚重隐喻和文化积淀，把大海还给大海，把乌鸦还给乌鸦，他们拆解了无形附着于大海的伟大、自由、广阔及暴风雨来临前的宁静背后暗示着的种种"希望"，让大海重回自在的本身，让乌鸦作回一只快乐的大嘴巴的鸟。他们让事物回到了自足的、有深意存焉的状态。正是这些诗人，让我们看到自己视而不见的新奇美景。如果我们肯于追随他们，甚至仅仅凭窗向外一瞥，也会有别样的奇异感受。

四、诗歌的自足性

诗是否具有某种实用目的，是否具有某种社会功用，是否要为"什么"服务？这是自古以来就纠缠着诗人和文艺理论家的问题。

有人认为诗的目的是某种训导、教诲，它应该增强道德心，应该引起行动、改良世风，应该证明某个真理。这样的论调包围着人们，每天都在摧毁真正的诗。法国象征主义诗人波德莱尔说："诗除了自身之外并无其他目的，它不可能有其他目的，除了纯粹为写作的快乐而写的诗之外，没有任何诗是伟大、高贵、真正无愧于诗这个名称的。"① 他强调："诗是自足的，诗是永恒的，从不需要求助于外界。"②

"第三代"诗人回到诗歌自身并不是否决诗所具有的种种价值，不是说诗不淳化风俗，不丰富人类的心灵、情感，不提升人自身的存在。若这样，那显然是荒谬的。毕竟，文学是"人"的文学。但如果诗人追求一种政治的、科学的、道德的、历史的或是其他实用或非实用的目的，只要这个目的是外在于诗的，他就会减弱诗的力量。

诗不是革命的武器、矛盾的中和，也不是入世的捷径、遁世的居所。当诗超过它本身所能负担时，我们见到的首先就是诗被歪曲，被抹煞，甚至沦为奴隶、工具，或是被别的事物取代。诗背后要有哲学、情感，但诗不服务于哲学、情感。诗有诗的真理，诗的真理只是从"诗是语言文字的艺术"这一立场出发所得的真理，它不是政治、科学、哲学、历史或宗教的真理，不能等同于知识、宣传、

---

① ［法］波德莱尔著，郭宏安译：《1846 年的沙龙——波德莱尔美学论文集》，广西师范大学出版社 2002 年版，第 181 页。
② 同上书，第 94 页。

意义、科学和道德，否则诗就会失去自身，走向衰亡。恰如"他们诗派"艺术自释所言："在今天，沉默也成了一种风度。我们不会因为一种风度而沉默。但我们始终认为我们的诗歌就是我们最好的发言。我们不藐视任何理论或哲学的思考，但我们不把全部的希望寄托于此。"① 无论文化、思想，还是科学、道德、哲学、信仰，都要"无形地潜入诗的材料中，就像不可称量的大气潜入世界的一切机关之中"②。诗，只有首先是诗，一切别的价值、意义才会自然显现出来。

诗歌是自足的，人类心灵和肺腑间的活气使自足的诗歌穿越时空，焕发出异样的光彩，每一次心领神会都给一首诗注入灵气，每一次肺腑间的呼吸都给一首诗注入活气，使它自在自足的艺术生命获得永恒的穿透力，并汇入塑造人类心智和灵魂的气候中，变为人类强大而持久的心灵力量。

人需要诗歌，诗歌的自足性得以成立。有人需要利用诗歌，诗歌的独立性难免遭到了迫害。自足与否，独立与否，只在个体或群体的人与人之间。

---

① 徐敬亚、孟浪等编：《中国现代主义诗群大观 1986－1988》，同济大学出版社 1988 年版，第 52 页。
② ［法］波德莱尔著，郭宏安译：《1846 年的沙龙——波德莱尔美学论文集》，广西师范大学出版社 2002 年版，第 89 页。

从已有的整个人类历史来看，诗歌需要心灵的润色就像人类需要诗歌的滋养，二者的存在对彼此都是一种召唤，一种安慰，一种扶持。

人类的心灵状态如此纷繁复杂，以致各种形态、各种层次的诗歌都有存活的外在依据。但不同时代，一个民族的精神高度，一个民族其心智的成熟、其经验的丰富、其语言能力的高下是与本民族最杰出的诗歌持平的。不是每个人都需要创造、阅读、领会代表了人类情感、心灵及语言艺术高度的诗歌，但人类中需要某些诗人来创造，需要某些读者来阅读、领会，在语言和心灵的碰撞中吸取能量，在漫长的时光中增强一个民族的集体精神力量。

英雄主义写作和神性写作对理想主义的张扬，以及对人性的关注，是值得肯定的，但它们与政治权利话语的合谋也是有目共睹的。诗人固然不可放弃使命感、责任感，但诗人作为诗人，"对本民族只负有间接义务，而对语言则负有直接义务，首先是维护，其次是扩展和改进。在表现别人的感受的同时，他也改变了这种感受，因为他使得人们对它的意识程度提高了；诗人使得人们更加清楚地知觉到它们已经感受到的东西，因而使得他们知道某些关于他们自己的知识。"① 诗人的重大责任是通过诗歌去芜存菁、锤炼语言，创造一个民族的语言、情感和思维的活力，从日常语言中拧出各种可能的美，使之充满色泽、风采和力量。如卡西尔所言，"一切伟大的诗人都是伟大的创作者……他不仅有运用而且有重铸和更新语言使之成为新的样式的力量。意大利语、英语和德语在但丁、莎士比亚和歌德生时和死时是不同的。"②

诗歌的自足性与生命力只能来自其自身包含的美和力。新诗从"五四"开始就与时代、社会、政治密切纠结，导致人们长久以来对诗歌自身建设的忽视。"第三代"诗人高度重视个体及个体的生命体验，他们清洗语词，使写作回到常识、回到具体事物，借诗歌擦亮被文化积习蒙蔽的心灵之眼，使人重新看清大海、大雁塔、乌鸦以及"杜鹃的眼珠和每一点露滴"。他们回归诗歌本体的探索和努力，对中国当代诗歌的发展具有重要意义。

① ［英］艾略特著，王恩衷编译：《诗的社会功能》，见《艾略特诗学文集》，国际文化出版公司 1989 年版，第 243 页。
② 转引自于坚《在喧嚣中沉默》，《上海文化》2009 年第 2 期。

"第三代"与诗歌的技艺

仿佛女人闪光的银饰，

与氧化物和杂质进行抗争，

而安静的劳动给铁制的

犁铧和歌手的嗓音镀上一层白银。[①]

——［俄］奥西普·曼杰什坦姆

艺术的世界里没有不劳而获。一首诗写成后可能看上去很自如、完美，就像钢琴家在音乐会上演奏曲目时那样流畅、浑然，但听众很难想象演奏者要流多少汗水才能达到熟极如流的地步，读者也很难想象诗人要在书房里练习多少个日夜才能达到运笔如神。

艺术是由其花费的劳动而保全其价值的，写作也一样，它是长时间"安静的劳动"。劳作使"言"有了"文"而行之更远，它给心灵和语言

---

①　［俄］奥西普·曼杰什坦姆著，汪剑钊译：《沃罗涅日诗抄：仿佛女人的银饰在闪光》，选自《曼杰什坦姆诗全集》，东方出版社 2008 年版，第 219 页。

"镀上一层白银",使一部作品获得"与氧化物和杂质进行抗争"的纯净质地。但一些写作者过于迷信灵感、妙悟,忽视了对语言的自觉,对技艺的打磨。因此,笔者试从技艺之于诗歌之重要性出发,对诗歌技艺的多重内涵加以分析,再经由"第三代"诗人内部对待诗歌技艺的创作观差异及其艺术生命之间的密切关系引申开来,进而强调重建当代新诗写作难度的必要性。

一、技艺之于诗歌之重要

文学在从形之于心到形之于手的物化过程中,心中的意象"要借助事物情状的刻画并通过文字符号来复现与传达,因此心象的物化更重要地表现为对于文字符号和操作技巧的娴熟掌握和运用"①,复现与传达的物化能力关乎作家的语言文字处理技艺。毕竟,天马行空地构思一部作品很容易,要把它写出来却很难。"安静的劳动"使万物在时光的磨损中熠熠生辉,恰如罗兰·巴特所言,作家"封闭在一种传奇的界域中,就像室内的一名工匠似的,他加工、切削、抛光和镶嵌其形式,正像一名

———————

① 童庆炳主编:《文学理论教程》(修订版),高等教育出版社1998年版,第132页。

玉石匠从材料中引申艺术以便把个人的孤独和努力转化为规则时间中的劳动似的"①。技艺是把诗歌题材转化为诗歌艺术的能力与努力，是艺术家的心灵、智慧和才能在创作劳动中的砥砺与融和。完美的形体是完美精神的最佳表现，"文艺的生命是无形的灵感加上有意识的耐心与勤力的成绩"②，写作中，要实现文学的"话语蕴藉"，做到语表具体性和语里多义性的合一，使作品获得意义生成的无限可能性，离不开"安静的劳动"。

因注重技艺被后人称为"匠人"的庞德有言，技艺是对诗人真诚性的考验。英国诗人奥登为了掌控技艺，像实验室里的操作员一样逐个将英语诗歌形式摸索了一遍。"意象派"诗人艾兹拉·庞德也慎重告诫写作者："不要用多余的词，不要用不能揭示什么东西的形容词"，更"不要用装饰或好的装饰"，"唯一值得用的形容词是对段落的意义至关重要的形容词，而不是装饰性的形容词"，在一

① 转引自于坚《在喧嚣中沉默》，《上海文化》2009 年第 2 期。

② 徐志摩：《〈诗刊〉弁言》，《晨报·诗镌》，1926 年 4 月 1 日，第 1 期。

首诗中，要"没有一个飞起来又毫无着落的词"①。虽然这些都只是个别诗人特殊的语词处理方式，但他们对待语言的严肃态度，对技艺的锤炼精神，是诗人必不可少的重要素质。

技艺不仅是雕琢打磨、精益求精的语言技巧，也是诗人生命经验的把握与传达，它开拓诗人的意识边界，教会诗人不断用新的、活的语言来感受事物。艺术之艰难在于，写诗并非"我手写我口"的随意率性，所谓文思泉涌、一挥而就、下笔如有神，那都是在读破万卷书、练过千家文、获得精纯的技艺之后的水到渠成。只有经过无数次技艺探索的峰回路转、柳暗花明，在诗歌的森林中才会鸟语花香、有亭翼然。潜心于技艺打磨的诗人、轶事在中国诗歌史上俯拾皆是，"寻章摘句老雕虫"的杜甫，"字字觅奇险，节节累枝叶。咬嚼三十年，转更无交涉"的苏轼，"两句三年得，一吟双泪流"的贾岛；广为人知的"春风又绿江南岸"之"绿"，"云破月来花弄影"之"影"，"红杏枝头春意闹"之"闹"，"僧敲月下门"之由"推"而

① ［美］艾兹拉·庞德著，裘小龙译：《意象主义者的几个"不"》，见［英］彼得·琼斯编选《意象派诗选·附录》，广西漓江出版社 1986 年版，第 155 – 167 页。

"敲"等等，杰出诗人所达到的登峰造极、出神入化、炉火纯青、游刃有余之境界，就像火中取栗、雕刻核舟一样，其成果无不来自精湛纯熟的技艺打磨。迷信灵感的创作者喜欢用诗仙李白来鼓舞或是麻痹自己，却忘了李白游乐山水前曾长时埋头于"匡山读书处"。

诗人自古就受着言不尽意的折磨，诗歌作为最高的语言艺术，它对诗人的语言能力提出了非常高的要求。诗人的生命经验是如何生发，又是如何在诗歌中分裂、组合、变形的？日常的粗糙语言如何经过锤炼、磨砺而焕发光彩？诗人如何对处身的现实环境做出反应，如何取舍、过滤驳杂的经验、材料，使之具有诗歌的内在品质？在呈现、传达事物存在及内心感受的过程中，如何选择恰当的诗形，如何营造符合现代汉语的内在韵律？如何面对瞬息万变的语言图景进行诗意转换？这些难题都摆在诗人面前，而这一切，都离不开诗人的技艺。

二、技艺之多重内涵

诗歌技艺是诗人在语言中处理生命经验的综合性艺术能力，它不只是方法、技巧，还体现为一种人生态度与精神指向，它不但考验着诗人的真诚与品质，也是检验其心智成熟程度的试金石。作为有"绝活"的诗歌"手艺人"，诗人不是以其立场、观点等观念化、意识形态化的东西吸引人，而是以他的劳作、技艺，不断寻求准确、有力的语言，使其光辉照亮现实世界中易逝的风景和人类易朽的肉体。

关于诗歌技艺，诗评家一行阐述得极为清晰、到位。第一层次的技艺即技巧。"技巧是指在局部对细节进行处理的能力，它包括特殊的措词和句法运用方式，以及各种修辞手法（诸如互文、转喻之类），当然其中最重要的是创造隐喻。创造隐喻是诗人的基本功，它是一种从机智或通灵而来的、在不同事物之间建立联系的能力。"① 诗歌是维护和更新民族语言的力量，它增进语言活力，提升其表现力。自觉追求语言活力，追求语言与艺术效果的平衡，既是诗人的抱负，也是其天然职责。在这个意义上，"诗歌史就是诗的措词发生、发展、消亡的循环史；每一次循环都始于革新，然后按其发展、深化的行程推进，最后退化为形式主义和机械

---

① 一行：《自序：诗歌中的技艺》，见《词的伦理》，上海书店出版社 2007 年版，第 5–6 页。

的模仿。"① 在这一循环中，时代语境会有不同，个人气质、趣味会有差异，但诗人在语言和形式上的自觉追求却是普遍遵循的传统。第二个层次的技艺"并不只是对局部细节进行处理，而是一种从对整体的把握而来的综合平衡能力"。这种综合平衡能力，通过精心的语词选择、安排和恰当的过渡，使作品中的诸细节如眉眼、口鼻、耳发之于人一样，获得恰切而丰富的关联，从而构成一个完整的整体。这种能力还表现在，"它知道在什么时候必须克制技巧、隐藏技巧，甚至不使用技巧，从而使所有的技巧相互默契，不会由于某个局部的过度而破坏整体的完善"②。最高的技艺是"无技艺"，那是一种大巧若拙、返璞归真的境界。它是所有技巧之默契、相合而达致的绝对内敛，它在作品中隐去技巧痕迹，使经验完美地显现出来。"技艺进入到了这一层次，实质上是一种深沉精微的分寸感"③，它已不只是"技"或"巧"，而是无"技"无"巧"。"无技巧"不是没有技巧，而是使技巧隐

① ［英］伊丽莎白·朱著，李力、余石屹译：《当代英美诗歌鉴赏指南》，四川人民出版社 1987 年版，第 79 页。

② 一行：《自序：诗歌中的技艺》，见《词的伦理》，上海书店出版社 2007 年版，第 6 页。

③ 同上。

匿，它是技艺磨炼经过长途跋涉后终于到了"家"。

磨炼技艺是写作必经的历练，诗人最大的痛苦和快乐都在其中。一个诗人，"他可以装扮思想者、宗教狂，愤世嫉俗的人，……但他却不可能装扮出色的语言演奏家。演奏家无法装扮，他得靠考验真诚的技艺来确保。"① 诗人在具体写作中选择哪一条道路，采取哪一种表达方式，不仅与其禀赋、艺术素养及生命经验密切相关，更是诗人经过长期实验、实践而形成的下意识、潜意识。轻视或无视诗歌技艺，都会使诗人、批评家走向极端。一个极端是将诗歌写作神圣化、神秘化。诗歌有其神秘的部分，技艺与心灵相关，它是诗人的核心机密，但诗歌写作也并非完全无迹可寻、无章可解。技艺其先天不足之处，可以在后天锻炼，但没有一个诗人可以略过磨炼而自我催熟。百炼钢方成绕指柔，成熟的诗人和诗歌都是在经年累月的文体尝试与经验积累中磨炼出来的。惟其如此，"两句三年得，一吟双泪流"才值得可信。一个历经技艺磨练的诗人，他必然清楚自己使用过的每一个字、词的多重含义

① 陈东东：《技艺考验真诚》，《深圳晚报》2008 年 12 月 11 日，第 B06 版。

及多面性格，知道怎样让它活跃而又安静地置身于一首诗中，最大限度地发挥其表现力。无视技艺的另一个极端是把诗歌简单化、概念化、大众化，忽视诗歌的写作难度与美学范式，使诗歌成为情感发泄、表明意图或歌功颂德的工具。像革命口号诗、2006 年的"梨花体"及 2008 年的诸多赈灾诗，这些作者若非是刚上道的爱好者，就多半是一时受外界刺激而又未经沉潜、酝酿的情感宣泄者。这类写作一旦泛滥开来，可想见其结果是诗的创造还是诗的反动。一首诗"最容易达到的莫过于是对诗歌的反动"，"以'开放的内容'替代形式上无法解决的困难，是新诗颇为尴尬的处境。这类没有质变的诗作，绝非创造，也许会沦落为'另类'意识形态的复制品。"① 走极端很容易，难的是把握分寸，磨炼到"家"。

诗歌是对沉默的荒野给出"说法、解释、意义"，"世界由是开始，文字的出现就是世界出现，这是惊天动地的大事"②，因此"昔者仓颉作书，而天雨粟，鬼夜哭。"（《淮南子·本训》）世界在

① 童蔚：《谈新诗写作的"无标准"与"无难度"》，《诗刊》2002 年 5 月下半月刊。
② 于坚：《棕皮手记：诗如何在》，《天涯》2008 年第 5 期。

文字中显身，在生命面对荒野得以获救的历程中，诗人身上作为混沌或大地之涌动的原始力量，通过不断尝试、磨砺，最后化为无形的秩序力量，为荒野、心灵给出"说法、解释、意义"。伟大的诗歌是用语言之光照亮黑暗中的存在，它是"混沌的原始力量与技艺的秩序力量互相争执的产物"①，在其中不管是使用技巧还是隐去技巧，最终要呈现的是一种混沌与秩序的完美融合。在那里：

> 结束是我们的出发之处。每一个正确的
> 　短语和句子（那里每一个词都是恰到好处，
> 各就其位，互相衔接，互相衬托，
> 既不晦涩，也不炫耀，
> 旧的和新的进行不费力气的交易，
> 普通的词，然而精确，毫无俗气，
> 正规的词，意义确凿，但不迂腐，
> 完整的辅音跳舞在一起）
> 每一个短语和句子都是一个结束和开始。
> 　　　——T. S. 艾略特《四个四重奏》

---

① 一行：《自序：诗歌中的技艺》，见《词的伦理》，上海书店出版社 2007 年版，第 5 页。

三、"第三代"诗人内部对待技艺的创作观差异

中国新诗也叫自由诗，从胡适"诗歌革命何自始，要须作诗如作文"及冯文炳"用散文的句子自由写诗"等理论中，一些诗人找到了诗歌创作重自由而轻技艺的依据。然而，殊不知胡适的理想并不是文学的绝对自由和白话化，在《文学改良刍议》中可看出他对诗歌专业性的捍卫——"言之有物"与"讲求文法"的不可偏废。他还强调："要使国语成为'文学的国语'，方有标准的国语。"① 而冯文炳主张"用散文的句子自由写诗"，从根本上看，是为了挣脱古典诗歌形式与语言的束缚，意在提醒读者，诗的语言与散文的语言并没有严格边界，诗的灵魂不取决于某种固定的形式，它更多来源于内在的生命节奏。

"五四"新诗从提倡白话文起步，提倡白话是为了统一国语，便于启蒙教育，此时，诗歌的工具属性较强，但"国语的文学"并不就是"文学的国语"。如诗人吴兴华所意识到的："我们现在写诗，不是个人娱乐的事，而是将来整个一个传统的

---

① 胡适：《建设的文学革命论》，见《中国新文学大系·理论建设集》，上海良友图书出版公司 1935 年版，第 133 页。

奠基石。我们的笔不留神出越了一点轨道，将来整个中国诗的方向或许会因之而有所改变。"① 因此，新诗与白话站稳脚跟后，迫在眉睫之事就是用诗歌技艺来锤炼淬火，生发现代汉语的精微、气势、情意、色彩和节奏的美。

时过数十年，"第三代"诗人中对语言和技艺保持严肃态度与自觉意识的于坚、韩东、吕德安、欧阳江河、西川等，他们把自己的写作理念、哲学贯彻在作品中。于坚尤其重视诗歌的"语感"，他不断探索在语言中复活隐喻、抵达存在的路径，努力重建日常生活的神性；韩东强调"诗到语言为止"，道出了语言与诗人的依存关系——面对面的最亲密的敌人；西川视诗歌为语言的"炼金术"；四川诗人胡冬认识到，"诗是语言的造型"，诗人的职责在于"把语言的链条精密地组合成美丽的系列"，"赋予一首诗以经久的美玉般的光辉"②。他们中显露了很多身手不凡的人，虽然其身手不凡更

---

① 梁文星（吴兴华）：《现在的新诗》，《文学杂志》（台北），1956 年第一卷第 4 期。

② 徐敬亚、孟浪等编：《中国现代主义诗群大观 1986—1988》，同济大学出版社 1988 年版，第 219 页。

多指"静观世界的方式与思维角度"①，但静观世界的方式也和语言息息相关，毕竟，"诗歌对经验的展示、呈现和探究，都只能在语言中进行"，"而语言的精纯和活力取决于诗人的技艺"②。他们的作品，诗意地呈现了那一代诗人在转型语境中所承受的痛苦与挣扎。

但在"第三代"中也有不少自发的写作者，他们对诗歌、语言、技艺持一种无所谓的态度。上海撒娇派声称："写诗就是因为好受和不好受。……我们的努力就是说说想说的，涂涂想涂的。看见技巧是因为玩得熟了。写诗容易，做人撒娇不一定容易。"③ 虽然他们作品的艺术倾向与其理论见解、宣言并不完全一致，但从中也可以出其艺术态度之随意。那些打着技术革命口号、最终却以辞害意的诗歌，多是带有炫技色彩的练习性作品。加之，"二十世纪的风尚早已沦落为对工作方式的破坏和建设，人们喜欢把日渐发达的想象力消耗在无

① 徐敬亚：《历史将收割一切》，见徐敬亚、孟浪等编《中国现代诗群大观 1986—1988》，同济大学出版社 1988 年版，第 3 页。

② 一行：《自序：诗歌中的技艺》，《词的伦理》，上海书店出版社 2007 年版，第 2 页。

③ 徐敬亚、孟浪等编：《中国现代主义诗群大观 1986—1988》，同济大学出版社 1988 年版，第 175 页。

休无止的技术革命和示威游行中"①。在自发写作者那里，诗歌常常只是一种交谈，在于消除内心的孤独和寂寞，他们对诗歌技艺的忽视也就在所难免了。

处于自发状态、缺乏自觉意识的写作者也许会偶得佳句，但很难取得大成就。只有对写作具有持久热情、恒心并心存敬畏的人，才能在诗歌之路上走得更远。自觉的诗人乐意在艰辛的劳动中修炼自己，对他们来说，劳作是最大的快乐。

新诗写作是一种历史渐进的、在传统潜流制导下的写作，其表达手段与书写方式的发展，凝聚了一代代诗人的努力与探索。这是一个从无序到有序、从粗放草创到日渐规范、从技艺单一到手法多元的不断丰富的过程，这一过程的累积，不仅是一种美学自觉的结果，更是一种技艺自觉的发展。自发的写作任意而为，自觉者则保证了写作的底线。于坚、韩东、吕德安、欧阳江河、陈东东等诗人从1980 年代就已开始磨炼技艺，在 1990 年代对新诗技艺的锤炼更加自觉，从他们的作品中我们可以看到一种坚持与探索同步的艺术精神。他们与前辈诗

<hr>

① 徐敬亚、孟浪等编：《中国现代主义诗群大观 1986 – 1988》，同济大学出版社 1988 年版，第 163 页。

人卞之琳、何其芳、穆旦等对新诗的贡献都是不可忽视的。

"第三代"诗人内部分流，各有不同的创作趋向和写作抱负。很多自发写作者在热潮过后即改弦易辙，几年间就从诗歌的世界彻底消失。而那些具有使命感、一直走在写作道路上的诗人，正是他们的存在明证了，"第三代"并没有烟消云散。时代的洪流流走了，真正的诗人水落石出，矗立在曾经热闹喧嚣的河床上。今天的他们，依然在生命中磨练技艺，在技艺中呈现生命。其创作无疑丰富了新诗的艺术表现技法，增殖了话语的多义性、矛盾性、复杂性，使诗歌成为更加切近现实人生、切近个体的感性生命的一种艺术形式。他们对写作难度的持续坚守，对当下诗人的创作更是具有不可忽视的典范价值和启示意义。

四、重建当代新诗写作的难度

写作之路通向自由，也布满荆棘，它让人暂时忘却生命的徒劳与死亡的不可避免，映现出诗人对于生命转瞬即逝的焦虑和意欲超越时空限制的渴望。

诗歌是语言之土上绽放出的美丽花朵，每一首诗都是诗人长久与语言搏斗方才建立起来的新秩序。从一开始，语言就是诗人最庞大最亲密最暴烈的敌人，有多少诗人被毁于语言暴力，在其牢笼中耗尽一生，有多少天才的灵感被毁于拙劣的诗句，仅仅因为灵感找不到赋形的语词。

对诗人而言，语言是个无所不在的无物之阵，它常常使人茫然不知所措。即使已经锤炼成纯熟的技艺，诗人的负荷依然没有减轻。所谓妙手回春、点铁成金，那儿近是永恒的彼岸，可望而不可即。因其不可即，诗人常常陷入绝望之中，那些被尊为语言大师的人，常人又能体会几分他们直至一息尚存仍难以摆脱语言牢笼的痛苦；因其可望，诗人每得一字一句而欣喜若狂，不时生出在语言世界中"极目千里""穷尽万物"的野心，出神入化地创造出各种奇观。正是在可望而不可即之间泅渡，诗人面对无物之阵的永恒悲剧命运才放射出无限崇高的光芒。

同语言的艰苦搏斗是诗歌对诗人一生的考验，每个胸怀抱负的诗人都将因持久的搏斗而饱经沧桑。诗人所经受的洗礼在每个语词、每句诗行间都留下了斑斑血泪，但这痕迹只有同样历经沧桑的诗人才能发现、领会。在诗歌面前，反倒是那些初试创作的年轻人更容易滔滔不绝、一泻千里。他们忍不住以自己的文笔流畅、文采斐然去讥笑大师在写作中的久久沉默。

在殊死搏斗的生死关头，世界寂静无声，沉默中的较量旷日持久。在这场较量中，诗人静穆时如临玉龙雪山，轻盈时如驾庐山云雾，艰险时如过绝崖峭壁，不可避免的是，在较量中败北。在诗人的生涯中，胜利屈指可数，只有败北却始终相伴。在古典和现代那些为数不多的伟大作家中，有谁能一直自如地驾驭语言。后人看到的那些经典之作，是从多少书山书海中被时间挑拣出来的珍珠，而在某位诗人的一首杰作背后，不知倒下了多少亡灵。

自"第三代"涌现诗坛，在看似热闹的争论背后，却少有对这一时期具体优秀诗作和诗人及其诗学、诗艺的深入研究与严肃批评，这使得严肃探究诗学问题、严格磨炼诗艺的诗人被遮蔽。这种遮蔽其损害不仅在于优秀诗人被漠视，导致大批读者在优劣不分的阅读中丧失了对诗歌美感及艺术标准的鉴别与把握，乃至对诗歌技艺的无知甚至非议，如诸多批评者对韩东"诗到语言为止"、对于坚"拒绝隐喻"等观点的误解、曲解；更严重的是，它也导致了大量庸俗社会学、文化学诗歌批评家的涌现。

新诗的希望就像其危机一样，它从来不在外部，而是在诗歌内部，在诗人自身。对技艺的普遍无视与无知在读者和批评家那里远远不如在诗人那里更容易危害诗歌。因此，重提诗歌写作文本伦理，重建诗歌写作的难度，只能由诗人完成。学者王明韵在阐述当下诗歌写作态势和新诗写作标准问题时说："现在有很多诗歌是一种无难度写作，实际上难度就是标准。难度构成诗歌的品质。寻求难度的过程即是标准确立的过程。对每个诗人而言，自己就构成自己的难度。"① 虽然诗坛从来不是井然有序的，诗歌也没有唯一的标准，但这并不意味着诗歌可以完全没有标准。"难度"就是标准，就是一条底线。没有难度的写作，诗极容易成为可以被大量复制的流水线产品。

写作是一种工匠般的劳作，在持续劳作中，把生命中那些闪光、流动的质素保存在语言中。伟大的诗人在语言中照见自己的渺小，在旷日持久的技艺磨炼中不断成长。语言的修炼不仅使诗人的技艺提升，也使诗人的素养和人生境界同步增长；诗人

---

① 谭旭东：《有难度的写作与诗歌精神——兼评〈诗歌月刊〉新人新作特大号》，《诗歌月刊》2002 年第 12 期。

的语言越是精纯，它越是与其思想的底蕴辉映成趣。终其一生，诗人在语言中举步维艰，若有一天抵达浑然之境，他将获得灵性的语言。灵性的语言是一种高超的境界，它表现为独特的风格，与诗人的精神息息相通。期待今天的诗人重建当代新诗写作的难度，期待一种基于掌握了技艺绝活的有难度的写作，期待更多独具个人特色与风格的成熟诗歌。

"第三代"与诗歌的当代性

> 诗人"不大可能知道什么是应该做的工作，除非他
>
> 不仅生活在此时此地，而且还生活在过去的这一时刻，
>
> 除非他所意识到的不是已死亡的东西，而是已经活起来
>
> 的东西。"①
>
> ——T. S. 艾略特

在古今中外经典诗歌汇聚而成的海洋中，无数隐喻花朵、隐喻化石共同形成一个庞大的隐喻系统。面对这个庞然大物，有的诗人被语词中的亡灵所附体，成为活在当代的古人；有的诗人则奋力在这个无物之阵中打开一扇朝向过去、面向未来、正对当下生活现场与具体事物的窗户，寻找自己作为

---

① ［英］T. S. 艾略特著，李赋宁译注：《传统与个人才能》，见《艾略特文学论文集》，百花洲文艺出版社1994年版，第2-3页。

当代人的有效言说方式。这在诗歌中体现为当代性，当代性是衡量一首诗艺术价值的标准之一。从诗歌史意义上说，每个时代都呼唤具有创造力的诗人，因为，一个时代需要的不仅是能够继承传统的诗人，更是能够创造自己时代表达方式的诗人。

一、当代性的内涵

关于当代性，别林斯基有过表述："构成真正诗人的许多必要条件中，当代性应居其一。"① 此外，车尔尼雪夫斯基、杜勃罗留波夫等也先后在文学批评中提到过。在"当代性"这一概念、术语被提出之前，其实它早已存在于过去的所有不朽之作中。也正由此，我们才能从一首诗、一部小说、一篇散文所流露的精神、氛围、语调以及特殊的话语方式中，把它们与其他时代的作品区分开来。

当代性的具体内涵指什么，别林斯基等没有详细阐述。20 世纪 80 年代，我国学者王东明在《关于文学的当代性的思考》一文中提出："所谓当代性，是作为一种具有整体意义的有机性的特质贯穿

① ［俄］别林斯基著，辛未艾译：《论巴拉廷斯基的诗》，见《别林斯基选集》第一卷，上海译文出版社 2006 年版，第216 页。

于作家创作活动的全过程的。它不仅反映在这个过程的结果——作品上，而且与全过程紧密关联。因此，当代性首先而且主要指作品的现实感和时代感，同时也包含了在与时代和生活相适应的审美理想支配下，进行与最广大的人民群众的审美趣味和欣赏心理相一致的艺术创造这样一层涵义。"认为当代性"贯穿于作家创作活动的全过程"，这体现了一种文学整体观意识。他还指出："当代性要求作家的，首先是要有一种崇高的使命感和责任感，以代时代立言的严肃态度和高度负责的精神，去从事艺术创造。……近几年来的文学创作，当代性大大地增强了，在恢复现实主义传统的同时，广大作家努力实践当代性，取得了可喜的实绩。纵观新时期文学发展的几次大潮，由'伤痕文学'到'反思文学'再到'改革文学'，创作几乎与我们的时代和生活同步发展。翻开新文学史，大概还找不出哪一个时期，文学如此贴近生活，如此及时地反映人民的愿望和意志，如此深刻地渗透强烈的当代意识。当代性已经成为构成一个优秀作家不可缺少的重要元素。"① 从中可见，王东明强调的当代性是

① 王东明：《关于文学的当代性的思考》，《文学评论》1984 年第 1 期。

要贴近现实，"及时地与时代和生活同步发展"，"反映人民的愿望与意志"。另一位学者高昌在《加强诗歌的当代性》一文中也表达了类似的意思："面对诗坛现状，我认为当代诗歌的当务之急，除了加强民族性之外，还是应该首先在加强当代性上下功夫！……当下的诗歌创作，无论新诗还是旧体诗，许多诗人似乎还在有意无意地与时代保持着一段固执的距离。他们热衷说的是风花雪月，喜欢写的是小情小趣，而对民生疾苦、百姓命运等等，却少有触及。……如果让我说一说个人对当代性的理解，我想到的还是那句老话：'千万不要在人民的疾苦面前闭上眼睛'。"①

王东明、高昌的论述均建立在"人民的文学"这一立场上，强调作家要与时代、生活同步，关心民生疾苦、百姓命运，要及时反映人民大众、民族危机、国家危难等大问题。但写作若非源自作家的内心需要，若非来自作家的深切体验，再大的问题都可能只是社会学意义上的问题，而不可能揭示出文学的、心灵的问题。因此，笔者尝试借鉴袁可嘉

---

① 高昌：《加强诗歌的当代性》，《中华诗词》2006 年第 2 期。

关于"人的文学"① 这一立论，在坚持生命本位和艺术本位的基础上，试以阐述诗歌的当代性。

当代性的内涵极为丰富，它包含多个要素，且在不同时代、不同语境中，其具体所指会有不同。因此，与其下定义，不如先来分析它包含的各要素，要素分析透了，所谓当代性自然也就明了了。

当代性的第一个要素体现为作品的在场感。包括作品显现的当代生活、现实、精神，对当下情境、问题的正视与切入。第二个要素更为本质、深刻，体现为作品的当代视角和独立品质，这不仅要求诗人深入挖掘时代精神，更要对其进行反思、批判，因此诗人的当代意识必须以历史意识和独立精神为根基。第三个要素是作品话语本身显现出的具有开创性的探索精神。当现存的话语方式说不出诗人当前的困境，诗歌自身的发展促使诗人寻求新的话语方式来写作，新的话语势必打破既存体系的原

---

① 所谓"人的文学"，"就文学与人生的关系或功用说，它坚持人本位或生命本位；就文学作为一种艺术活动而与其他活动形式对照着说，它坚持文学本位或艺术本位。"而"人民的文学"，"就文学与人生的关系说，它坚持人民本位或阶级本位；就文学作为一种艺术活动而与其他活动（特别是政治活动）相对照说，它坚持工具本位或宣传本位（或斗争本位）。"袁可嘉：《"人的文学"与"人民的文学"——从分析比较求修正，求和谐》，见《论新诗现代化》，生活·读书·新知三联书店1988年版，第112－124页。

有秩序。寻求一旦开始，面对的将不仅仅是语言，更是一个无所不在的文化系统。因此，当代性尤其呼唤诗人敢于突围、勇于探索的先锋精神和创造精神。

每个时代都有自己特别的举止、仪态、目光、眼神、微笑、气韵，它们一起构成一个时代全部生命力的整体；如果取消这些过渡的、短暂的、变化频繁的成分，诗人和艺术家势必要跌落入抽象、空洞、不可确定的美的虚无深渊中。毕竟，"几乎我们全部的独创性都来自时间打在我们感觉上的印记"①。诗人由于个人气质、禀赋、学识、生命体验、艺术经验的不同，所面对、关注的具体问题及处理方式会不尽相同。但在当代语境中如何表达个体的生活经验、生命体验，是每个创作者都要面对、都需解决的问题。

显然，当代性更多体现为一种眼光、一种主体意识，而不仅仅是当下流行、时兴的一些物品或是话语。因此，在分析"当代性是什么"这个问题时，另一个并存的问题随之而来，当代性不是什么？有一件绘画界趣事值得我们借以提醒自己莫要

---

① ［法］波德莱尔著，郭宏安译：《1846 年的沙龙——波德莱尔美学论文集》，广西师范大学出版社 2002 年版，第 426 页。

误入歧途：罗中立的油画《父亲》在送审时，负责人授意在父亲的头巾下加插一支圆珠笔。圆珠笔就等于时代感，这种时髦逻辑让人啼笑皆非。但有的诗人、艺术家在创作中却常常自觉不自觉地沿袭这种逻辑，把对当代性的追求蜕变成寻找并在作品里配置各种"圆珠笔"，于是，流行口号、时尚术语便充当了"伪当代"小配饰。

诗人对当代性各要素的把握应像老中医的望闻问切，脉搏或五官是生命体的有机组成部分，这些部分一旦与生命体割裂开来，它将不再是敏感的神经，而只是一个物件。所以，在衡量诗歌的当代性时，不是看似有语言标签就可以了，还要进一步追问作品表达的有效性，衡量其问题是否新颖，视角是否独特，思考是否深刻。此外，还要看作品的话语方式能否体现出作者的探索意识，因为古往今来都有一些永恒的文学主题，如"人生、爱情、战争、和平、对永恒或现世的渴望。这些可以说是亘古不变的。变化的只是每个时代的人说出这些主题的独特的方式。"① 当代性内容与当代性表达应该是同步的，这种同步意味着作品关注点的独特并寻

---

① 陶乃侃、于坚：《抱着一块石头沉到底》，《当代作家评论》1999 年第 3 期。

求与之匹配的独特表达。

当代性是包括新诗在内的一切当代艺术绕不开的问题，没有当代性的写作，从诗歌史的角度看是没有多大意义的。实现当代性不是简单地要求诗人去拥抱现实、直面人生、开掘生活，它更体现为诗人对当下情境的深刻认识、理解，对时代精神的当代体察和把握，以及对诗歌语言的不断激活。从这个意义上看，诗人的独立和冷静较之热情显得更为可贵。至于当代性对题材的要求，则不必拘泥于是否反映当代正在进行的现实生活，取材于过去或是想象、虚构的作品，要是投射了当代精神，渗透了当代的困境反思、审美意识和艺术理念，那就是具有当代性的。

二、当代性在"第三代"中的体现

与朦胧诗对文化、传统、民族、国家等宏大问题的关注不同，"第三代"诗人更在意个体生命在具体时代背景之中的生活与命运，他们尝试重新建立语言与当下生活的密切关联，这是追求诗歌当代性的努力。当代性涉及经验、语境、文化等，与其各要素相对应，它在"第三代"中主要体现为诗歌的具体时空、作家的当代视角和文本的话语方式三个方面。

第一，当代性使一首诗具有自己的出生年月（时间、时代精神）和出生地点（空间、在场性）。诚如于坚所言，在每个诗人的写作背后，都有一张具体的写作地图，大地、家乡、方言……而"升华"式的写作，把这一切都抽空了，使诗歌成为一个脱离了具体时空的抽象存在。也正如波德莱尔关于艺术之"美"的分析："任何美都包含某种永恒的东西和某种过渡的东西，即绝对的东西和特殊的东西。绝对的、永恒的美不存在，或者说它是各种美的普遍的、外表上经过抽象的精华，每一种美的特殊成分来自激情，而由于我们有我们特殊的激情，所以我们又有我们的美。"① 每个时代都有自己时代的美，"构成美的一种成分是永恒的、不变的，其多少极难加以确定；另一种成分是相对的、暂时的，可以说它是时代、风尚、道德、情欲，或者是其中一种，或者是兼容并蓄。它像是神糕有趣的、引人的、开胃的表皮，没有它，第一种成分将是不能消化和不能品评的，将不能为人性所接受和

---

① ［法］波德莱尔著，郭宏安译：《1846 年的沙龙——波德莱尔美学论文集》，广西师范大学出版社 2002 年版，第 264 页。

吸收。"①

　　从韩东、于坚、吕德安、李森、杨黎、陈东东、李亚伟，以及"四川七君"、浙江"现代诗歌"、上海"城市诗"等诗人的创作理念及作品中，我们不难觉察到他们"发现、创造自己的美"的写作抱负。虽然在具体创作中，这一愿望实现到何种程度不尽一致，但致力于发掘并创造具有当代性的诗美与精神，是这一代诗人普遍的心灵诉求。

　　诗人以对当下现实情景中的问题为出发点和归宿点进行创作、探索，当下现实是诗人自己的现实、境遇，是"无论如何与我相关"（哲学家蒂利希语）的现实。随着面对问题情境的变化，诗人不断改变思考内容、调整话语方式，以期切实有效地切入其核心。之所以强调"诗人自己的"，是因为"作家只有带着个人的记忆、心灵、敏感和梦想进入此时此地的生活，并学习面对它，也许才能发现真正的时代精神——一种来自生活深处、结结实实、充满人性气息的时代精神。当个人面对世界的苦难和伤害，并承担词语的责任时，才有真实的写

　　① ［法］波德莱尔著，郭宏安译：《1846 年的沙龙——波德莱尔美学论文集》，广西师范大学出版社 2002 年版，第 416 页。

作可言。"[1] 在美国女诗人艾米莉·狄金森那里，关于死亡、永恒、自然与爱的思索从来都是幽闭于心灵深处的，她的一生几乎都在她出生的那所房子里度过。这在那些时代鼓手们看来，简直是不可思议。维特根斯坦也坦言，几乎他的全部著作都是他对自己的独白，他写的事情都是他与自己的密谈。他所说的除了有向内、向深处挖掘这层意思外，还表明真正的创造与发现只能是隐秘的、慎独的，是个人性的、非表演性的，是洞烛幽微、深入骨髓的。"第三代"诗人的可贵在于，他们敢于回到个人，回到自己，回到个体的生命体验。如韩东通过爱人的一只手传达出现代人心灵与情感的错位：

> 你手搭在我身上
>
> 安心睡去
>
> 我因此而无法入眠
>
> 轻微的重量
>
> 逐渐变成了铅
>
> 夜晚又很长
>
> 你的姿势毫不改变
>
> 这只手应该象征着爱情

---

[1] 谢有顺：《先锋就是自由》，山东文艺出版社 2004 年版，第 143 页。

也许还另有深意

我不敢推开它

或惊醒你

等到我习惯并且喜欢

你在梦中又突然把手抽回

并对一切无从知晓。①

——韩东《你的手》，1986 年

诗歌写作虽是个人性的、慎独的事，诗人却也同时置身于一个各种因素相互对话的"话语"系统中。诗人的创作行为及诗歌文本的成形，在很大程度上受到他们时刻面对、不断生成的现实语境与言说空间的制约。并且，"正是语言和语境的双重制约勾画了并将继续勾画新诗发展的历史脉络"②，诗人对这一双重困境的认识和领会是不可忽视的。

第二，每个时代都有自己时代的个性、气质与美学，当代性是诗人基于独立判断对自己时代精神的个体生命切入式的洞察、挖掘与把握、反思。一首诗的当代性不仅体现为特定时代的精神、气息，

---

① 选自洪子诚、程光炜编选：《第三代诗新编》，长江文艺出版社 2006 年版，第 40 页。
② 张桃洲：《重新设置写作的"难度"——"新诗标准"笔谈》，《诗刊》2002 年 3 月下半月刊。

也体现为富含历史意味的当代视角。事实上，只有具备当代性的诗歌，才能称之为当代诗歌。"当代"一词具有强烈的时间意味，"一切历史都是当代史"（克罗齐语），回顾过去，是为了立足当下，解决当代问题，并在现时与未来中发展自己的价值标准和依据。有些诗歌，内容时髦，语言精美，但其主题、意蕴、词汇、句式却散发出酸腐味儿，说到底还是缺失了作为当代人对生命、对社会、对存在的独特体验与思考。

于坚意识到，诗歌精神已经不在那些英雄式的传奇冒险、史诗般的人生阅历、流血斗争之中，诗歌已经到达那片隐藏在普通人平淡无奇的日常生活底下的个人心灵的大海。这种精神流露在他的诸多作品中，《罗家生》《尚义街六号》及作品×号系列等，也流露在"第三代"其他一些诗人的作品中，如韩东的《你见过大海》《一个孩子的消息》《向鞋子敬礼》，杨黎的《冷风景》《怪客》，欧阳江河的《玻璃工厂》《汉英之间》，李亚伟的《中文系》《苏东坡和他的朋友们》《毕业分配》，以及陆忆敏、翟永明等诗人的作品。这些作品看起来似乎是"自谑的、反讽的、黑色幽默式的、陌生化的"，"这种效果与其说是诗人们故意为之，是一种写作原则，不如说它是个人生命的自觉和传统人格面具、审美习俗相冲突的结果。中国传统诗歌的审美风尚强大到这种程度，以至只要诗人照相式的描述一下内心生活的真象，就足以使诗人被人们视为具有先锋意识的现代派。"① 当代诗歌因其正在流变中，才倍显多元话语纷涌的动人，各种话语在交融中强大或是衰微，不断参与、推动着新诗的探索进程，这是"第三代"诗歌内部万象争涌而各得其所的内在根据。但在分析具体作品的当代性时须清楚，一首诗要不留一丁点时代痕迹几乎是不可能的，诗人即使漫不经心，其诗也多少会留下点时代烙印，而诗人要恰当地传达、表现出他所处时代的精神内核与气息氛围，也绝非易事。

第三，从"人的立场"出发，诗歌是将"人的精神"蕴含于语言中，无论用何种形态，最后都表现为一种能更好地传达当下问题、情境与心灵的话语方式。诗歌一直被视为具有语言、语义双重结构的存在，诗歌史往往呈现两种偏向性的演进逻辑：一是以语言为主的风格化演进，二是以语义为主的社会化演进。前者多带有趣味化倾向，后者则

① 于坚：《诗歌精神的重建》，见陈旭光编《快餐馆里的冷风景》，北京大学出版社 1994 年版，第 261 页。

多带有问题意识，两者各有偏重，却总是相互影响。就中国的诗歌语境而言，新诗演进多以语义指向为中心，偏向社会化演进。在这种逻辑下，作品对人及其存在的反思和问题意识，往往成为衡量其当代性强弱的重要标准。判断一首诗的当代性很大程度上也就以表达出当下问题意识为首要因素，其次才考虑诗歌的语言形态。

但正如前文所提，当代性视角与当代性表达是一体的，二者血脉相连。很难想象一首具有当代精神的诗歌会不使用那个时代的独特表达方式，更难想象一首没有当代精神的陈腐诗歌可以被当下口吻、语调叙述出来。"第三代"中《冷风景》《中文系》那种戏谑、反讽语调与诗人杨黎、李亚伟的幽默、冷静气质之水乳交融，就是一个明证。

当代性呼唤探索，探索和创造意味着突破。这正是先锋诗人注定要面对传统代言人围攻的主要原因。长久以来被塑造成形的人们，总是固执地认为一些事物可以入诗，而另一些则要远离。对于一个事物，人们常看到它被用某种形式表现出来，就坚信要永远依瓢画葫芦地重复下去。欣赏当代作品时，人最大的障碍就是不肯摒弃陋习和偏见。如果一首诗中出现了与人习惯中认为可以入诗的东西天差地远的事物，或是用常人未曾想到的方式去写大家熟悉的题材和事物，一开始往往会遭到严厉的责难，而"欣赏者"最振振有词的指责也不过是"看起来感觉不大对头"。

实际上，"第三代"诗人被贴上种种反叛标签，正是源于他们拓展了艺术与经验的边界。他们觉得，"诗歌的'胃口'还必须更为强大，它不仅能够消化辛普森所说的'煤、鞋子、铀、月亮和诗'，而且还必须消化'红旗下的蛋'，后殖民语境以及此起彼伏的房地产公司。"① 这一主张与1940 年代闻一多的倡议构成了诗歌当代性的一体两面："要把诗写得不像诗……说得更准确点，不像诗，而像小说戏剧，至少让他多像点小说戏剧，少像点诗。……这是新诗之所以为'新'的第一也是最重要的理由。"② 诗歌多像小说戏剧散文未必就"新"，但诗歌可以拓展、借鉴其他文学门类、艺术种类的手法、经验却是事实。消化更多内容，活用各种手法，在"第三代"诗人那里，就是坚持在场，正视此时此地的事物、情景，关心个

---

① 王家新：《夜莺在自己的时代》，东方出版中心 1997 年版，第 86 页。

② 闻一多：《新诗的前途》，见《国统区抗战研究丛书·诗歌研究史料选》，四川教育出版社 1989 年版，第 153 页。

体深入到世界中去的感受、体会和经验，使诗歌不仅仅是抒情的、哲理的，更能够妥帖处理当代复杂的人生经验与社会经验。所以，"第三代"在话语方式上体现出多种多样的探索，在文体上呈现出巨大的包容性。他们像任何时代有艺术理想的诗人一样，不断更新诗的内涵。初次遇见那些"不美丽"的诗歌，既是对一个读者阅读期待的惩罚，也是对其审美心理惯性的冲击和扭转，更是对一个人心智与理解力的锻炼。这样的遇见虽然违背了读者最初的期望，却丰富了其阅读经验，并在抗拒与融合中塑造了新的审美能力。

当代性意味着对时代的反省、超越，有时它与时代精神相向，有时也会与某种时代性、世界性的潮流相左、相右甚至相反。从批判、反思的角度来说，从对模式化、标准化、现成话语、主流意识的态度来看，当代性更体现为诗人所具有的一种独立、自由、探索的先锋品质，它"存在于对流行方式的反抗中，它是对正统秩序的永不衰竭的愤怒攻击"①。当代性标志着对传统及当代文化的历时性与共时性思考，标志着理性的分析、判断逐渐替代

---

① ［美］丹尼尔·贝尔著：《资本主义的文化矛盾》，生活·读书·新知三联书店 1989 年版，第 93 页。

感情冲动，标志着技艺训练和文化修养一起渗透进诗歌作品。诗人通过对传统语言的新处理，直抒当代人的情怀，直指当代人的生活问题，让诗歌以新的面貌重返自身。

三、把握蕴含着永恒性的当代性

当代在过去、现在、未来汇成的时间河流中"瞻前顾后"，在永恒绵延的时空，人类早期源于花开花谢、日升日落的时间感觉被滴漏精确化，伴随着时、分、秒计量钟表的问世，人类心灵陷入极度慌张。在北雁南飞、南雁北飞和嘀嗒、嘀嗒的秒针移动中，生命加快了转瞬即逝的速度，终日被慌张折磨的人坐卧不安，在漫长的煎熬中，有人找到线条，有人找到琴弦，有人找到语言。但任何艺术"都不可能把纯粹本真的生活世界的'大全'呈现出来，任何艺术的存在都是一种有限的存在"，而艺术之为艺术的本质也正在于"它能够把有限的生存形式转化为对无限、对永恒的渴求"①。李白杜甫曹雪芹们一次次弯腰从滔滔河流中舀起一瓢，在

① 胡彦：《指称性、解构性、世俗化——论世俗诗歌的语言特征》，《云南师范大学学报》（哲学社会科学版）1996 年第6 期。

永恒常驻的繁复世界中留住一枝一叶，赋予它们以语言图式。借着这一瓢一枝一叶，瞬间绵延向永恒。人没法把握住"整个"春天，但人心可以在一枝一叶间获得暂时的安顿。若非眼前的一枝一叶，谁又能看见春天。因此，诗歌的当代性及蕴含于其中的永恒性就成为衡量作品价值的重要标准。

"第三代"具有鲜明的当代性，但当代性"是短暂的、易逝的、偶然的，它是艺术的一半"，"艺术的另一半是永恒和不变的"①。"艺术的一半"不能等同于艺术，艺术的当代性里面，须含有永恒与不变的诉求。就此而言，诗人的探索无比艰辛。正如袁可嘉指出的："现代诗人从事创作所遭遇的第一个难题，是如何在种种艺术媒介的先天限制中，恰当而有效地传达最大量的经验活动；过去如此丰富，眼前如此复杂，将来又奇异地充满可能；历史，记忆，智慧，宗教，对于现实的感觉思维，众生苦乐，个人爱憎，无不要想在一个新的综合里透露些许消息……"②"第三代"诗歌回到个体生命体验，愈加深入地介入当下的日常生活，这增强

---

① ［法］波德莱尔著，郭宏安译：《1846 年的沙龙——波德莱尔美学论文集》，广西师范大学出版社 2002 年版，第 424 页。
② 袁可嘉：《新诗戏剧化》，见《论新诗现代化》，生活·读书·新知三联书店 1988 年版，第 23－24 页。

了诗人处理日常素材的能力，建立起诗歌与当代生活更广泛、紧密的联系。但也有一些诗人过度沉溺于日常生活的杯水风波、鸡毛蒜皮，叙事不加节制，诗中不乏各式各样的"圆珠笔"。这样的诗不免沦为了艾青曾批评过的"摄影主义"——"这大概是由现象的贫弱，对于题材的取舍的没有能力所造成的现象。……浮面的描写，失去作者的主观；事象的推移，不伴随着作者心理的推移。"①于诗而言，一切事件都需深化为主体的、内在的，眼前的平凡事物亦需蕴含深切的永恒意味。诗对外部事件、短暂事物的叙述，"只是为了将它还原为主体的思想情感事件（即内部事件)"②，过度耽于外部事件而忽视内在精神，过于专注眼前事物而无视其历史意味，都会导致诗歌贫血。

"第三代"诗人尝试把握诗歌当代性、永恒性的意识是自觉的、强烈的，其困境在于意识与作品的脱节。在1986年诗歌大展中，"日常主义"宣言："我们要为自己确立一条自由的、日渐扩张的艺术空间的途径。……人类本身的危机无时不是自

---

① 张永健编：《艾青作品精选》，长江文艺出版社2004年版，第318页。

② 沈天鸿：《现代诗学：形式与技巧30讲》，昆仑出版社2005年版，第88页。

我围困的危机，无时不在周围事物上爆发出来。赋予被冲散的日常以确切不同以往任何时代意义上的空间，我们的第一原则：缓和调整。……日常主义借助外部世界抵制自我意识的分裂；在回返精神现状自由的时刻，给予周围世界以重大的意义和价值。当这些价值超越了特定的时间，我们将接近并获得永恒。"①"四川七君"也宣言："现代诗如果要真正获得它不朽的地位，它就不单单要揭示出人类当代精神的复杂性，它还应该在进行自身前趋性关照的同时，仍然注重寻找人类精神存在的历时的一致性。"② 类似不无创见的宣言让人精神振奋，但在实践面前，在与语言的交锋、砥砺和磨合面前，宣言显得何其轻飘。无论怎样先锋的艺术意识，都不能代替自足的诗歌文本。"第三代"的困境在于，一些人将诗歌视为成名的终南捷径，一些人坐等"灵感"降临，很多关于诗歌的真知灼见，因缺乏优秀文本支撑而流为口号、姿态和摆设。

每个社会、每个时代都有自己的难题，诗歌面临的根本问题是人类的命运，伟大诗人往往是以对

---

① 徐敬亚、孟浪等编：《中国现代主义诗群大观 1986—1988》，同济大学出版社 1988 年版，第 232 页。

② 同上书，第 374 页。

人类终极存在的思考作为写作支柱的。每个时代的诗人都面对自己的当下、现场及种种危机，诗人在诗中敞开世界，通过延长诗歌半径，开阔写作空间，拓展人类内心情感及精神世界的疆域，使人更加丰富、完满。诗歌对当代性与永恒性的双重诉求注定了：诗人的当代意识须是在把握特定时期与个别形态时，具有一种统摄全局的、发展变化的历史意识和历史眼光。这种历史意识"包括一种感觉，即不仅感觉到过去的过去性，而且也感觉到它的现在性。……既意识到什么是超时间的，也意识到什么是有时间性的，而且还意识到超时间的和有时间性的东西是结合在一起的。……这种历史意识同时也使一个作家最强烈地意识到他自己的历史地位和他自己的当代价值。"① 历史意识往往表现为对纷繁复杂生活的洞察与透视，诗人只有具备深邃、广阔的历史眼光，才不至沦落为意识形态的传声筒，才能把现实、此时放到历史长河的广阔背景中加以甄别、开掘，那已经发生的和将要发生的才会有力地指向此在，眼前的此在才能蕴含已经发生的和可

① ［英］T. S. 艾略特著，李赋宁译注：《传统与个人才能》，选自《艾略特文学论文集》，百花洲文艺出版社1994年版，第2－3页。

能发生的，诗人也才能赋予作品永恒的艺术魅力及审美价值。

实现诗歌的当代性和永恒性要求诗人必须具有严格的艺术自律精神。只有以敏锐、鲜活的感知力、判断力，以高贵、坚定的价值观和责任感，以准确、深刻的文化识别力，方可把握诗歌的当代性，并捕捉、挖掘出潜藏在稍纵即逝的当下背后的永恒意义，让当代汇入未来的经典传统。

以历史意识为根基的当代意识和蕴含永恒性的"当代性"，是优秀艺术家、艺术作品不可或缺的重要元素。"第三代"中在自我及作品中培育这些质素的诗人，无时无刻不走在探索之路上。三十多年来，于坚一直在写作，近年出版了高质量诗集《我述说你所见——于坚集1982－2012》、《彼何人斯——诗集2007－2011》和诗学文集《还乡的可能性》《棕皮手记》《为世界文身》等。另一位诗人韩东，之前有"诗到语言为止"之说，在2008年"全球语境下的中国当代诗歌"研讨会上，他将这一认识具体化为"中国诗歌到汉语为止"，强调自己理解的汉语是现实汉语，是人们正在使用的处于变化之中的现代汉语，其庞杂、活跃和变动不居提供了当代诗歌创造性的前提，并进一步修正：

中国当代诗歌到现实汉语为止。他对语言、写作的思考和探索从未停止，其 2013 年出版的诗集《重新做人》也更加内敛、成熟了。此外，还有吕德安、李森等诗人也一样，他们都以作品立足于文坛，而不只是宣言和理念。

从 1980 年代至今，"第三代"中一些诗人被无情淹没，一些诗人从时间的河流中站立起来。他们的不同际遇让我们再次思考：诗人如何把握诗歌的当代性？如何激活语言表达自己所处时代人类的精神难题、灵魂追问，使诗歌获得永恒性？同一时代众多诗人内在精神的互长互消、彼此融和，最终营造出一个时代的诗歌精神与气象。就一个时代的诗歌精神而言，诗人深深明白它的建立意味着什么："时代深处那些真正的东西必定要凸现出来，进而影响、改变一整代人的思想观念、审美风尚和生活方式。诗作为人类精神最敏锐的触角，它当然会最先把新时代的精神透露出来。"[1] 每个时代"都有自己的诗歌精神。一些时代，诗只为自己的时代所用。另一些时代，它的诗歌以一种伟大的精神力量

　　① 于坚：《诗歌精神的重建》，见陈旭光编《快餐馆里的冷风景》，北京大学出版社 1994 年版，第 260 页。

穿透一个又一个的世纪。"①"第三代"诗歌的精神已深深渗透进崔健的摇滚、贾樟柯的电影中，一点点注入人们的血液，正在间接地、缓慢地成为人们生命的一部分。

面对历史上一座座望尘莫及的艺术高峰，面对浩如烟海的经典之作，"如何获得存在的意义"这一追问使诗人心存敬畏。诗歌史意义上的当代性激发诗人超越前人，超越同时代人，个人创作史意义上的当代性呼唤诗人不断超越自我。而一首诗对永恒和不变的诉求，就像"崇高是伟大心灵的回声"一样，更多源于诗人的思想底蕴和灵魂深度，源于诗人的人间情怀和对生命的终极关怀。

---

① 于坚：《诗歌精神的重建》，见陈旭光编《快餐馆里的冷风景》，北京大学出版社 1994 年版，第 262 页。

辑二/云南当代诗歌研究

现代化语境中云南诗歌呈现的独特品质

伴随着现代化步伐的迅猛来袭，全球一体化的趋势日盛一日，世界的丰富性、差异性正在日渐消失。生活于这样的当下，人难免被一种忧思笼罩：会不会有一天，我的故乡被彻底淹没在极度相似的世界中，无论从自然地貌还是个性、气质、精神上，都再难把她从众多雷同的地块中辨认出来？

故乡不是地块，故乡是安放人们心灵的那片土地，它是有灵魂、有生命的美好家园。拉美作家略萨说："一个没有文学的民族会从精神上慢慢变得野蛮起来。"同样，一片没有诗歌的土地也会从精神上慢慢变得贫瘠起来。幸好云南这片土地一直以来是被诗歌滋养着的。

回顾云南当代诗歌历史，自上世纪五六十年代起，随军南下的诗人公刘、白桦、周良沛对军旅生活的诗意书写，以及晓雪、张长等诗人笔下描绘出的美丽富饶、无处不风花雪月的故乡，虽然与大多数云南人生活的现实世界有点"隔"，但他们聚焦放大了云南"丰富""神奇""边地""民族"① 的那一面。"文革"期间充当政治传声筒的工农兵诗歌难免粗陋乏味，但到了80年代涌现出的米思及等"红土诗派"、于坚等"第三代"诗人，其创作开始逐渐贴近大地，回到语言，回到具体事物，回到诗歌本身。他们挖掘日常生活和平凡事物背后不同寻常的深意，对其进行及物书写。冯至、穆旦等"四十年代昆明现代派"在战争背景下追寻的诗之现代主义，以及五六十年代饶阶巴桑对军旅文学摈弃空泛抒情而回到日常生活书写的向度，在他们那里得以延续。90年代是市场经济时代，许多作家、诗人纷纷转向，弃文下海，这造成中国文坛包括云南文坛在内的寂静冷清。当然，冷清只是与80年代的火热相比而言。时代检验诗人的真诚，大浪淘沙，淘尽黄沙始见金，雷平阳等诗人，一直在默默地打磨诗艺。21世纪以来，一些文学批评家发现，云南正在不断显现出独特、多样的诗歌创作形态，于坚、雷平阳、海男、李森、艾泥、鲁若迪基、哥布、樊忠慰、贾薇、吴佳琼、鲁布革、李贵明、唐果等，他们一直走在写诗的道路上。

---

① 宋家宏：《二十世纪云南文学思考（下）》，见《阐释与建构——云南当代文学专论》，云南人民出版社2011年版。

在信仰危机、物质至上的今天，中国这个诗的古老国度正在重新从诗歌中获得精神成长的力量，但现代化语境中的中国当代诗歌，就像诗人的生活世界一样，不可避免地显露出同质化趋势。在这一背景下，云南诗歌吸纳天地之气，呈现出活泼泼的生命大气象，它对科技现代化、人类处境进行深刻反省，保持并塑造着云南文化个性及云南人独特的心灵结构，它所蕴涵的人类普遍精神及达到的艺术高度，使云南在中国当代诗歌版图中日渐凸现。

一方水土养一方人，一方人创造一方文化。地处边陲，天倾西北，地陷东南，长河东流，不舍昼夜，女娲时代的传说和《水经注》里对云南的描述，至今未有改变。"地理环境是人类赖以生存和发展的物质基础，当然也是人类意识或精神的基础。"① "因自然阻隔和交通不便形成的环境封闭性"和"因立体海拔和立体气候形成的立体生态"②，是影响云南各民族的经济、社会生活和文化发展的重要原因。云南经济发展相对落后于东部地区，这是事实。从文化和文学角度看，云南的边

---

① 张岱年：《中国文化概论》，北京师范大学出版社 2004 年版，第 201 页。

② 赵世林：《云南少数民族文化传承论纲》，云南民族出版社 2002 年版，第 761 页。

缘化，是地理上的，也不止是地理上的，由边缘位置派生而来的，既是话语权的相对缺失，客观上也保持了使其独特性得以延续的与"主流"文化之间的安全距离。云南背靠中原，不仅跟多个东南亚国家接壤，而且民族众多，"民歌各成调"，不同民族文化习惯的差异性及各民族文化的相互渗透性都极其显著，这些都是可能影响作家、诗人创作的重要元素。

文化是人的创造物，它又化育着人。以历史的眼光来看，一方人所创造之文化与水土相合，通过各种方式及途径对个体生命进行潜移默化的模塑，使其观念、行为与文化相符。因此，处于特定环境、文化中的人，其人格的塑造和形成必然受相应文化深刻影响，同属某一文化的群体就具有了某些共同的个性气质、人格精神。云南诗人作品中呈现的某些独特的共通品质，正是源于诗人共处的文化语境和精神气候。

一、活泼泼的生命大气象

随着现代科技迅速发展，人们的生活节奏不断加快，许多诗人的诗歌中流露出强烈的茫然无措感、时空错位感和被割裂为碎片的生命疼痛感，一些知识渊博、手法纯熟、技艺精湛的诗人，却无论如何营造不出生命的大气象。原因之一就是诗人的生活世界本身，是与流动于山川、田野、河流之间的生命气息相隔绝的。这对于极具创造性的诗歌创作来说，是致命的。

因特殊的地理环境，云南人常年散居或聚居于山间平缓之地的村落，吸纳着自然的灵气。云南的城市也是基于群山环抱之中的一个个"坝子"经年累月慢慢发展起来的，无论大小，既便于人们生活，又使人保持着与大自然的亲密关系。所以云南人天然地保留了一部分古人与宇宙天地那种浑然一体的"天人合一"的整体感，这种整体感使得很多云南诗人的作品，自然地散发着一股活泼泼的生命气象，让读者在一花一树中感受生命律动，在一沙一石中倾听宇宙呼吸。如于坚的《喜树》一诗："刚刚知道/它叫喜树　看不出与周边的乔木/有何不同　都是叶子　都是树干　都是/疤痕累累　被时间伤害过度的皮肤/都被某种力量牵引着向上去/仿佛那黄金天空　隐藏着一座大教堂/我不知道这一次喜悦与上一次有何不同/每次路过我都被击中　忘记　又再次欢喜。"涌动在人与物间的大欢喜，生命与生命之间的彼此呼应，如此纯粹动人。艾泥

2009 年创作的《登马雄赋》，就像当年的神来之笔《八匹马》一样，灌注着另一种磅礴的浩然之气："己丑年立秋，艾泥与客乘风于/珠江之源。是时，天空如瓮，四界皆雾/仿佛正在工作的瓷窑，大地被群峰架起/唯马雄山最高，推向苍穹，入大虚无/烧制它的事物，远的是/十亿年前的海水，开展造山运动的/神秘之鱼；然后是草色与花香/岩熔里幸存的蜥蜴和蝴蝶/近的是刚刚下过的/那一场溅起红泥的细雨/……"这浩然之气是诗人生命活力与天地精神相凝聚而成的强大场域，内里涌动着峨峨乎故乡高山、洋洋乎历史长河。

云南近年多出大气象之作。但也并不是说，云南诗人天然就能创作出大气象之作，这种源于自然的生命元气类似于与生俱来的天赋，若不用心养护，适时培育，加以创造运用，它得之于天地，也必将随个体消失而失之于天地。伟大的诗人就是将这种生命元气倾力转化为永恒艺术的人。

二、对自然的敬畏与依恋

云南各少数民族对神山神石、神树神林、神泉神湖顶礼膜拜的信仰，在世世代代的生活中与原本崇尚天人合一的汉民族文化相互影响、渗透，使得云南至今还保留着敬畏自然、亲近自然、尊重天地万物，以及"各美其美、美人所美、美美与共"的美好传统。这传统和人类童年的率性纯真一起流淌在云南诗人的血脉中，所以在云南，"人与宇宙万物同处于大地上。人并不高于万物。万物各得其所。"①

云南同时是个多民族多宗教多元文化共生共长，人与人、人与自然和谐相依的典范之地，千百年来繁衍生息在这片土地上的居民，世代与邻里、与天地、与自然情同手足，彼此依偎，这种朴素而独具特性的生存智慧、生态伦理使得生活在云南的人悠然自得、其乐融融。《芳邻》如是写："房子还是这么矮/樱花树已长得高高/向着晴朗朗的蓝天/亮出一身活泼泼的花/就像那些清白人家/在闺房里养出了会刺绣的好媳妇/这是邻居家的树啊/听春风敲锣打鼓/正把花枝送向我的窗户。"在于坚的很多诗中，自然之物是那样亲切、可人、喜气，作者与晴朗朗的蓝天、春风、樱花树、摇晃的花枝亲密相依，生活在喧嚣都市的世外桃源中，有芳邻如此，何况春风作美，"敲锣打鼓"把花枝送向窗

① 于坚：《在汉语中思考诗》，《红岩》2010 年第 2 期。

口，这人间胜境岂是成天被锁在鸽子笼里、忙碌于流水生产线的现代人能想象的。另一首《壬午秋咏长江》更是显现出诗人"山河即我、我即山河"的超然境界："你是深埋在我静脉中的酒窖/你是我语词的偏旁中永远抽不掉的三点水/微躯三尺　大河赋予我浩然　大块假我以文章/在水落石出的秋天　我只想回到你的永流/随着那些素面朝天的江沙沉底。"

在远离北京、上海这些现代文明中心的云南，有诗人故意远离昆明等城市，前往偏僻荒凉的小镇，或是高原、边寨、峡谷，在松涛、波浪、钟摆里感受自然时间。没有飞机、地铁的催促，没有隐藏在城市写字楼里的公司白领的焦虑，诗人在与外界隔绝的封闭的单纯中，享受自我满足感和幸福感，他们的诗获得了表现那种文化形态的原始性和自足性。海男就是一个穿越于天空、波浪、群山和语言迷宫的诗人。早年的她是飘在语言之空的斑斓彩云一片，随着岁月更迭，"云南"——她灵魂的底色，开始在语词中慢慢浮现。如今，海男是一朵从云南厚土中疯长出来的迷幻妖娆花。她的每一首诗后面都隐含着迷醉的表情，迷醉在云南的风中、雨中、云中、浪花中，迷醉在北纬24°以南"铺天盖地的蓝""纵横出去的澜沧江大峡谷"……"从头到脚,我都是你的诗人/那些放纵过我的时间,因你而开始节制/我懂得节制是在吻你的时候/在澜沧江边的火焰中翻滚着牛皮纸的时刻/我懂得节制地爱你,犹如我放慢的脚步/慢,多么奢侈的等待,在越来越慢的时刻/你给予了我狂野的姿态,从澜沧江的波浪中/翻滚出去,在波涛的中间,我们缓慢地接吻/最美的狂野姿态,似乎带着神谕/可以带给在祭祀中破碎的一只陶罐/噢,一只爱巢,被候鸟们栖居过/我们进去了,我们到了里面,在最深的尺度中/相爱/亲爱的,在最深的澜沧江的深渊中/我们爱着,在波涛中,在水和血液的尺度中消失。"(海男《你给予了我狂野的姿态》)

樊忠慰既是神灵之子,也是自然之子。他对一草一木、一山一川的爱,就像孩子爱母亲一样直接、率真,一样天性使然。他喜爱红草莓,也怜爱一滴露水。"露水像哭泣的盲人/在草丛摸索/什么也没找到/反把自己丢了/"。露水"落入泥土,就回了家",看着苍茫大地万物荣枯,樊忠慰在文字中安静地构建自己精神的家园,"时间没有坟墓/这些草呀羊呀人呀/仿佛从未出现/默默走完自己的生涯。"(樊忠慰《遥望草原》)

对自然的敬畏和依恋心理还比较完整地保存在云南人的精神世界中，成为云南人处理人与自然关系的准则。它使人时刻意识到，在人类之外，还有更伟大、更值得敬畏的力量；在人类之外，还可以与自然万物相依相偎。它使人的心灵在走向现代文明的进程中，保有一种强大的精神威慑力。

三、对现代化的心灵反省

工业革命和科技革命刚刚兴起时，西方世界觉得现代化是很美好的。但是当摩天大楼、水泥公路遍布城市各个角落，汽车日夜川流不息，全球气候慢慢变暖，工业废水污染了越来越多的河流，蘑菇云压在城市上空人们的头顶，人类感到空前窒息，他们绝望透了。

中国正在大踏步地迈着现代化的步伐，原来星星点点稀疏地坐落在大地上的小城市，一夜之间变为庞然大物，转头吞噬四周的山川、河流、森林、田野……在城里，人把自己从自然之家中切割出来，将花草树木整齐划一地栽种在街道旁、公园里、阳台上，将飞禽鸟兽豢养在动物园、铁栅栏、鸟笼里。现代人看着种种心爱的"自然"之物，追忆远逝的童年。

如今兴起的所有城市景观设计，不过是想在钢筋混凝土的人造世界中，保留一丝人类原始自然之家的气息。但是，现代化科学技术能移植小桥流水的形、体、物，怎能养护小桥流水的气、神、魂；高楼大厦能满足城市爆炸式增长人口的居住之需，怎能给人以天井庭院那种天地人相通的自在、踏实。难怪人们惶惶不可终日，总是莫名地焦虑、害怕，集体住在装着坚固防盗门、防盗窗的高大楼房里，享受着现代化带来的便利生活，但每当夜深人静，人们却像一颗颗被天空遗落的小星星，凝望着空空的天空："云，被风吹走了／逃不掉的，唯有天空／高楼，像一根根擎天柱／插在充满阳光的大地上／像凶禽猛兽一样霸道／一样不讲道理／而什么是道理呢／道理或是树叶落光了／芬芳凋谢了／曾经熟悉得不能再熟悉的都城／也陌生了／怎一个了字啊，／唯有天空／唯有空空的天空。"（阿卓务林《森林》）

现代化为人们创造了丰富的物质文明，但是它正在全面摧毁人类的故乡，更改万物的存在方式，扭曲人们对世界、对时空的感知系统。人们发现自己成为摆放在虚华物质世界中的空心人，成为被过度刺激但永远也填不满的胃，空空的，叫人心慌。他们的精神比过去任何时代都空虚，人们从来没有像今天这样绝望、贫穷。所以，在美国，"垮掉派"曾经绝望地嚎叫；在中国，今天的诗人无助地看着推土机一路摧枯拉朽。"推土机穿着黄裤子履带上沾着骨头渣/就像来自外星球的野蛮人它们埋头就挖/它们拆它们挖它们早上拆中午拆夜里挖/它们戴着安全帽一吹口哨就变出一朵蘑菇云/它们拆我们睡不安稳它们挖出来一个个失眠者/它们昨天拆它们现在拆它们明天还要挖/拆掉了祖母的老柳树拆掉了爸爸的旧帽子/拆掉了妹妹的玩具箱拆掉了哥哥的破鞋子/它们拆它们只管挖扬着长鼻子张着钢嘴巴/挖掉了夜晚的黑被窝拆掉了月亮的黄戒指/拆掉了湖泊的蓝皮肤姐姐要投奔金发的玛格丽特/它们挖许多大坑坑埋葬了土地神的遗骸/它们拆它们挖它们大吃大喝点上灯接着挖/挖出个白茫茫大地拆出一张张白纸它们接着拆/死亡是那位系着红领带玩多米诺骨牌的大师/它们拆它们挖我们跟着灰搬家再搬家不停地搬家/它们拆它们挖我们天天喝牛奶坐电梯学习擦玻璃/它们挖接着挖春天大婶没有地皮种她的鸢尾花/哦 它们拆它们不停地挖 妈妈啊妈妈 我想回老家。"（于坚《推土机——仿保罗·策兰》）

诗是让人心安的语言，好诗就是诗人为人们营造的一个想家、回家、在家的场。这首仿保罗·策兰的诗，语势滔滔，推土机不停地拆不停地挖，所向披靡，威力无穷，使诗人最后的呼喊显得愈加微弱无力，仿佛傍晚的一声叹息，轻轻就被机器的轰鸣吞没。诗人写一万首诗也挡不住现实中的一架推土机，但是，待所有推土机都老化、散架，成为锈迹斑斑的废铁，诗人呼喊的余音仍将在无数想家的人心中回旋。

文学是人学，它是历史的、社会的，是精神性的；文学的价值，就在于为人类社会提供具有创造性的精神产品。在中国，因为特殊的地理位置、历史原因和自然、人文环境，云南就像贵州、西藏等西部省区一样，还没有充分现代化。但是，无论是声音稚拙的年轻诗人，还是眼睁睁看着故乡变得越来越陌生却无能为力的老一辈诗人，他们在享受现代科技带来的物质文明、便利生活时，身体里流淌着的那一股敬畏世间万物、渴望亲近自然的血液，让他们早早警觉到现代化对人类情感的无形伤害，对人与自然的强硬分离，对中华"天人合一"思想的毁坏。在未充分现代化的山峦间，在没有地平线的高原上，云南诗人审视东西方世界，审视城市与乡村，深刻地反省现代化对人类处境的危害。他们发出一阵阵警世之音:"春天啊春天/从盲目生长的树底下经过时/耳朵里涌进来的声音,是枝叶拍打/天堂门窗的声音,是仓促上马/政绩工程之下,机器生锈的声音/这样的荒凉,比旷野更荒凉。"（雷平阳《开发区的春天》）"有些故事讲起来/仿佛发生在很久以前/其实大田干涸/也仅仅两个月/人们的心空落了两个月/也许不经意间/人类得罪了天地之神/也许人类需要的/不仅仅是水/还需要一点点/悔过自新。"（哥布《干涸的大田》）

云南诗人对现代化的反省,一方面源于天性使然,如前文所述,对自然的崇拜和依恋沉淀在云南人的精神世界中,而现代化科技具有很强的反自然性;一方面则来自于诗人对世界对人类生存境况的深度观照。这种深刻的心灵反省与活泼泼的生命大气象,以及对自然的无限敬畏、依恋,是云南诗歌的独特品质,这一品质在现代化语境中尤其可贵。

和中国其他各地诗歌一样,云南诗歌也存在着种种不足:思想贫乏,缺乏精神重量;视野狭窄,生命境界不高;语言粗糙,技艺不够精湛,等等。而封闭的环境和丰富的生物资源给云南人带来的也并非全是益处,大山矗立、大川奔流赋予了云南大气魄,同时也造成云南环境的封闭。封闭不仅造成经济、社会发展的滞后，同时也是形成云南人精神、性格中消极部分的重要因素。在信息闭塞的状态下，人很容易丧失进取心。加之云南丰富的生物资源，靠山吃山，靠水吃水，滋生了云南"家乡宝"们安于现状、易于满足，还有些夜郎自大的心理。这种心理哪怕在信息时代的今天，也依然存在于许多云南人身上，诗人当然也不例外。

云南人的善良、淳朴、热情、坚韧……是自然的丰厚馈赠；云南人的保守、消极、拖沓、自足……同样也与云南民族文化的自然生境有关。[①] 云南区域内涌现出的昭通作家群现象，其实恰恰就是对云南文化、云南性格中消极因素进行反观的最好例证。比之其他县市，昭通的气候、生存条件都相对恶劣，这反而激发、锻炼了昭通人勇于拼搏、坚忍不拔的意志，养成昭通人卓尔不群的品性。

法国诗人马拉美不是说，世上一切存在都是为了被写进书中。当然，这"书"是大写的。从这个层面上说，云南诗人还有待于超越云南视域，警惕"生于忧患，死于安乐"，审视云南文化在个体生命的精神性格中种下的安于现状、夜郎自大的消

---

① 阮金纯：《云南民族文化的人格精神》，《西南民族大学学报》（人文社科版）2009 年第 8 期。

极种子，站在人类物质文明和精神文明的高度上，对自身和本土文化进行反省。唯有自省，云南诗人方能将自然赋予的丰厚馈赠化为自己人格精神中恒久的优秀品质；唯有自省，作为有限生命个体的诗人，方能在无涯暗夜中留下璀璨星光，创造出让人"心安"的符号系统；唯有自省，云南诗人才能用语言照亮存在，在诗歌中构筑起人类记忆和精神的容器。

云南诗歌的本土性与地域
文化的多元性

　　诗歌是个体生命对世界的独特体悟，诗人的生命体验与其生活、成长的环境密切相关，这就涉及诗歌的地域性、本土性问题。不同的文学批评家和研究者在对作家作品进行解读、分析时，自有其不同的视角和方法，本土性只是众多视角之一，诗歌具有地域因素之外更深层、更复杂的内质。如浙江诗人潘维，其诗的情绪、品调与古典江南气息相通，江南味很浓。但并非所有浙江诗人的诗风皆如此，有些作家终其一生写江南，其作品却未必有江南气质。因此，读者不能单从外在环境、表层因素去判断一首诗或一位诗人是否具有某种地方性。

一、云南诗歌的本土性

　　在全球化的背景下强调云南诗歌的地方性、本土性，具有一种特别的价值和意义，它实际上与我们在世界文学的背景下强调中国文学的本土性是一致的。诗评家谭五昌就强调："在当前一体化的趋势下，诗歌的本土性很可贵，由于加入本土经验，我们才有中国诗人、西部诗人的身份。"① 加之，就其本质而言，诗歌是非中心化的，中心化、一致性的写作违背了诗歌艺术的独特性、原创性要求，故"我们谈诗歌的地方性，实际上也就是在这个广告时代，复制和重复的时代，强调非复制的个性化的东西，这是文学艺术比较根本的一点"②。

正如评论家冯牧所言，云南"是一个有地区特点的地方"，云南的刊物、作家要"最大限度地发挥地方的优势"③。的确，不管从地理环境、社会发展还是民族构成、文化交融等各方面来看，云南都颇具特色。这些特色，"在抗战以前即被就读于省外的文学青年，如马子华、李寒谷等所发现。他们通过寓居地和家乡风情的对比而产生强烈的感受，因而鼓起了他们执笔为文的热情。"云南特色也引起省外作家的关注，"他们根据在云南的生活

---

① 《子夜诗谭——关于诗歌地域性、诗歌流派、诗人与自然关系的研讨会》，见天涯社区 http：//bbs. tianya. cn/post - poem，2007 年 8 月 25 日。

② 何晶、沈雨潇：《杨克谈诗歌的地方性》，见《诗人文摘》HTTP：//blog. sina. com. cn/s/blog，2014 年 1 月 26 日。

③ 李丛中、熊桂芝：《云南当代文学大事记》，《红河学院学报》（综合版），1993 年第 10 卷，第 3－4 期。

体验，写下了富有云南乡土味的《漂泊杂记》《南行记》（艾芜）和《普姬》《爬梯》（蔡希陶）等。这些作品，都成了云南乡土文学的重要组成部分。"① 引文所言"乡土特色"，其意与本文的本土性相通。

所谓云南诗歌的本土性具有双重含义：一方面是从云南诗歌与中原诗歌相比较的层面看，它特指由地域文化、民族习俗等在时间累积中共同作用、相互影响而形成的，在人群中得到具体体现的思想意识、生活习惯等方面的地区性差异在诗歌中的体现。对于这个层面意义上的本土性，地域文化在很大程度上决定了诗人本土特质、本土视角、本土精神与意识的形成。另一方面，是在中国与世界其他国家、民族比较的层面上看，这种更大范围的本土性，其实就是指中国特性。本文所谈云南诗歌的本土性，主要侧重于第一层面所指，但在当下的全球化语境中，第二层面的含义指向也必须作为思考、论述的参照背景。

新时期以来，地域性特征在云南汉语诗歌中，呈现出与现代性相融的趋势。一些诗歌既有鲜明的

---

① 蒙树宏：《云南抗战时期文学史》，云南教育出版社1998年版，第10－11页。

地域、民族特色，有别于中原诗人的诗歌，又具有中国汉语诗歌创作的当代性，突出地体现了云南诗歌的特色与价值。

二、云南地域文化的多元性

在中华大地上，由于自然地理环境、民俗风情、政治经济的差异，不同社会结构和发展水平的地域，孕育了不同特质、各具特色的地域文化。云南地域广阔，市县各负山川形胜之势，域内各地都有自己独特的自然风光和人文景观。

从自然环境看，云南地处边陲，资源丰富，得天独厚的自然条件和社会经济的不断发展，使其成为一片安居的乐土。部分地区冬无剧寒、夏无酷暑，四季如春，然而因地势复杂，也常有一雨成冬、隔里不同天的多样气候。特殊的区位，使云南成为中国大陆连接东南亚、南亚的桥梁，成为中原文化、藏文化、东南亚文化、西方文化的交汇点。

从历史、文化发展看，早在战国时期，楚人庄蹻率军入滇。西汉时，汉武帝梦见彩云在南边出现，寻觅至云南，开发了一度关闭的"南方丝绸之路"。自此，"长江流域文化在红土高原播下了种子，逐渐形成了既有中华民族共同文化基因，又别具一格、瑰丽多姿的滇文化。"① 从滇南经丽江直达西藏拉萨的茶马古道，在唐、宋、元、明、清千余年的运营发展中，促进了沿线各族人民的经济文化交流。明代朱元璋大力推行内地汉人移民入滇，云南逐渐呈现出土著者少、寄籍者多的社会结构特点；汉人的融入，同时也促进了汉文化与云南各少数民族文化的相互交流、融合。19 世纪末，随着教会文化的渗入，西方现代文明进入云南。20 世纪初开通的滇越铁路，这根"插在云南的大吸血管"，也加强了沿线各地区、各民族经济、文化的交流。诞生于抗日战争烽火中的滇缅公路，竣工不久就成为中国与外部世界联系的唯一运输通道，使古老平静的昆明迅速变成国统区内最繁忙、最国际化的大都市，推进了云南的现代化进程。而在教会文化和西方现代文明进入时，云南依然居住着处于不同社会发展阶段的少数民族，"纯朴的民风、剽悍的性格、落后的经济、低下的生产力水平、封闭的文化，广泛地存在于云南的山川河谷之中"②，如阿佤山长期沿袭刀耕火种、刻木记事、剽牛祭祀

---

① 李必雨：《〈滇池丛书〉序》，见冉隆中、郑海：《红土高原的回声》，云南人民出版社 1991 年版，第 1 页。
② 宋家宏：《二十世纪云南文学思考（下）——两个传统》，《玉溪师专学报》（社会科学版）1996 年第 1 期。

的原始生产、生活方式，泸沽湖边的摩梭人长久延续着"男不婚女不嫁"的"走婚"习俗。

从民族、民间文学传统看，世代居住在云南的25个少数民族，在历史长河中创造了光辉动人的古典史诗，形成了繁盛的史诗群。由这些史诗、歌谣构成的民间文学宝库，不仅丰富多彩，而且艺术质量极高。其中，产生于人类童年，以解释天地开辟、万物创造及人类起源等为主要内容，被学术界称为"史前的史诗"、民族"形象历史"之彝族《查姆》和《阿细的先基》、白族《人类和万物的来源》、傣族《巴塔麻嘎捧尚罗》，及诸如傣族《厘俸》、彝族《哈依迭古》、纳西族《黑白之战》等英雄史诗和各民族神话、传说、歌谣等，以手抄本、口头方式流传于民间，经过长期发展，深深积淀于各民族精神文化宝库中，既是"一个民族社会生产生活、宗教信仰、风俗习惯和历史文化知识的一种特殊总汇"，也是"千百年来各民族自尊、自信、自爱、自强意识的重要源泉"①。

自然环境、历史发展、民族融合等等复杂因

---

① 云南省少数民族古籍整理出版规划办公室编：《云南少数民族古典史诗全集》"序言"，云南教育出版社2009年版，第1页。

素，共同形成了立体、多元、丰富的云南地域文化，此文化也正是孕育出云南诗歌本土性特征的肥沃土壤。

三、诗歌本土性与文化多元性的关系

在与全球化、一体化的自觉或不自觉对抗中，中国不同区位、地域的诗人开始形成风格各异的诗歌群落，甚至某些诗人其个人的写作就足以呈现出强烈的地域特色，这样的态势可谓是百花齐放。云南本土少数民族文化与汉文化、西方现代文明相互碰撞，彼此渗透、融合，逐渐形成了独特的云南地域文化及文学传统，深深地影响着云南作家的创作。越来越多的本土诗人开始有意识地去审视这片与自己血脉相连、息息相通的"邮票大小"的土地，在语言文字的磨砺中更新、拓展、丰富云南的内涵，如于坚的《哀滇池》《谈论云南》，海男的《忧伤的黑麋鹿》《献给独克宗古城的十四行诗》，雷平阳《云南记》中的大量诗作，艾泥的《登马雄赋》等。而哈尼族诗人哥布的《神圣的村庄》、德昂族诗人艾傈木诺的《以我命名》等作品中的神秘性、原始性元素，不仅来源于他们独特的民族生活和万物有灵的世界观，也含有民间文学诸如神话、史诗、歌谣等的影响因子。

人类的故乡不只是某个地方，更是某种体验。云南诗歌散发出独特的云南气息，蕴涵着云南人的种种生命体验，那种各得其所的自由精神，流露出的是云南人的闲散、淡泊、开阔、包容。这不是硬给云南诗人总结出来的"共同点"，而是一种源自同一片土地，源自同一种乡音母语，让家乡人得以在流浪的途中相认的亲切感，这就是文"化"的结果。一地文化"养"出来的即使是个性气质迥异的诗人，其作品风格各异，也大多会呈现出一种神似，这种神似是同乡诗人能在别人作品中发现自己的缘由之一。当然，这是相对而言，从文学发展史来看，同地异质与异地同质的现象都是存在的。

孕育出云南诗歌本土性特征的土壤，是多元文化相互融合、渗透而逐渐形成的独特地域文化。文化融合构成的天然自足性、复杂包容性、多元开放性相互交织，潜在地影响着云南诗人的世界观、价值观和写作意识。其写作中呈现出的本土性，不仅是对文学的尊重，对文化独立性的坚守，也是对某种未必合时宜却独具魅力的价值观与审美观的坚持。

当代汉语诗歌书写的可能性

——以李森的诗歌创作及诗学理念为观照

　　自古以来，诗人在母语中倾听诗性的召唤，并守护自己的母语。然而在汉语中，一个无可置疑的事实是，当代诗歌从英、法、德、俄等其他语言取来了足以大幅度修改汉语地貌的东西，这些东西即使经过诗人很好的转换，也未能在汉语中植根。当然，这并不是说诗意只能固置在某种语言中，不能在一种语言与另一种语言之间流转，而是因为，诗意从语言中涌出，语言褪不了民族的外衣——语言的大地性。

　　诗人听从诗性的召唤，但语种之间存在的界限，在某种意义上已经先行决定了"诗人"命名事物的方式。语言在可理解的层面上跨越了界限，在不可理解的层面上必然与语言的大地性（界限）相关联。如汉字的"月"与英语的"moon"间的差异，"月是故乡明"的"月"所带出的色彩、音调、情绪、诗意与科学主义者眼中的"moon"之差异的多层次性。与之相关的事实是，汉语本身生发地的地貌改变，正在抑制着诗歌的生长——既想向西方诗歌取经，也想从中国古典诗歌学习的现代汉语诗歌，置身于既不在西语中言说又不在古汉语中生发的两难处境。

汉语诗歌的命运在于汉语，而不是所谓的诗意。在汉语遭受多重挤压的情境中，当代汉语诗歌书写的可能性何在？这是一个从汉语自身内部生发出的问题。"汉语"二字并不意味着方块汉字分行排列出来的诗的样式，或者以汉语为表达工具的任意言说。"汉语"不是作为"诗歌"的修饰词，它处在主格的位置上，任何汉语的诗意言说都被"汉语"统摄着，并从中释放出来。

质真的汉语诗歌从汉语出发，道出诗性的言说。质真的汉语"是怎样的""可以是怎样的"成为首先要追问的问题。一种被西方诗歌的阴云笼罩的书写不可能回到汉语本身；同样，陶醉于古典诗歌氤氲中的复制也不会焕发汉语的活力。回到汉语本身书写的道路还在寻求中，这种寻求，在云南诗人李森来说，就是"语言炼金术士"久久守候之后的一种"领命"。他借游鱼"圆润的小嘴，清洗词藻"，让事物自我开显，以抵达质真的汉语，在汉语中触摸诗性的大地。

一、抵达"形而中":让事物自我开显

早在20世纪90年代,李森就已经开始尝试在
"语言的隐喻和对隐喻的消解"中打通"形而上"
与"形而下"的联系①,寻求一条"在"与"思"
同时映照的"形而中"之路。他认为:"诗是语言
的隐喻和对隐喻的消解。没有隐喻就没有诗,没有
对隐喻的消解诗歌也会死亡。……在诗歌隐喻积淀
深厚的语言里,诗被隐喻的脚镣手铐紧锁。因此,
诗人须要砸碎脚镣手铐以期获得新生。诗性隐喻获
得新生的途径只有两个:一个是重新建构;一个是
不断解构。"② "重新建构"和"不断解构"构成
了李森诗学的两条道路。这两条途径其实也可以说

① 李森:《史蒂文斯、蓝色吉他与黑鸟》,见《荒诞而迷
人的游戏:20世纪西方文学大师经典作品重读》,学林出版社
2004年版,第181页。自古的优秀诗人有两种:一种是只关注
自我与世界的表象(有时是对象),这种诗人占了诗人群体的绝
大多数。这种诗人与世界的关系是"二维"的关系,这种诗人
也可以称之为"形下"诗人。还有一种诗人,他们不仅关注自
我与世界表象(或对象)的联系,还关心这种联系的知性逻辑
或联系方式的可靠性。这种诗人与世界的关系是"三维"或
"多维"的,可以将他们称为打通"形上"和"形下"关系的
诗人。这种诗人是少数,有时被称为"诗人中的诗人"。

② 李森:《李森诗选》"序言",花城出版社2009年版,
第1页。

是一条。这不仅因为李森诗学的解构是通往建构的，更是因为，他的解构和建构都指向"中"——隐喻的"形而中"。

从宏观方面看，李森的创作的确具有较为鲜明的"文化解构、语言解构"①特征。这样的文本很多，如20世纪80年代的《老师》、90年代在诗坛引起广泛关注的《在这首诗中，乌云像什么》《撕开》及21世纪创作的《昆明的玫瑰》《体制的手腕》等。但从细微处深入探究，就可以发现李森的诗与当时流行的先锋派看似相似，实则不同。20世纪80、90年代，很多先锋诗人在后现代文化语境中写作，其作品被集体贴上"解构主义"的标签，一些诗人也感觉到自己的诗散发着洋奶粉的味道。这主要是源于：古老的汉字既难以完全融合那些从英语、法语、德语、俄语诗中得来的元素，也不能彻底洁身自爱而不受外来元素的影响。这种不可融合而又难以丝毫不受影响的尴尬矛盾，使当代汉语诗歌整体呈现出一种不谐和音。其不纯粹异质元素难以调和内在的精神游离，使这个时期的诗歌集体呈现出一副流落异乡的表情。

---

① 胡彦：《作为写作的文本——李森〈在这首诗中，乌云像什么〉简析》，《当代文坛》2006年第3期。

李森探索期的很多诗（1988—2004 年）也隐含这种表情。不过，同是时代使然，却各有缘由。李森诗歌的流落表情及不谐和音、不纯粹异质元素的缘由主要是：其一，诗人置身于一个强大的技术时代并深刻地感受到了技术时代的无家可归。"'我们的眼睛'的观察使主客第一次分离，人就此开始走上'告别'之途。接着就是'美''诗'、美和诗的观念以及各种各样知识系统的产生，使人在告别的旅途中越走越远，一直来到了灵魂备受煎熬、无家可归的技术时代。"[①] 其二，李森的解构是对僵死隐喻的消解，他致力于清洗在语词表面附着的文化历史的灰尘，去除僵死的隐喻包裹在事物周围的老茧。他写作初就意识到，"伟大的诗歌隐喻在滋生时是鲜活的，但这种隐喻一旦成为经典的诗学表达模式，诗就走向死亡。模仿者如果模仿的是死亡的隐喻，那么这种模仿就毫无价值。许多诗在诗性创造即在学术上毫无价值，根源即在此。"[②] 其三，语言与事物之间存在的鸿沟和语言自身的独

① 李森:《里尔克诗学的两条道路》，见《荒诞而迷人的游戏：20 世纪西方文学大师经典作品重读》，学林出版社 2004 年版，第 201 页。

② 李森:《李森诗选》"序言"，花城出版社 2009 年版，第 1 页。

立性，使语言意识极强的李森在其诗歌中流露出一种深层次的流落表情。语言具有自己独立的生命，当它的生命被人类的心灵滋养得越来越强大时，诗人的写作，就要在诗学语言的规定与他对真实事物的忠诚之间做出选择，这就愈加困难。虽然很多诗人都喜欢"描写真实事物，但并非每个诗人都能在一件艺术作品中赋予这些真实事物的存在以必不可少的真实感。诗人也有可能使这些真实事物变得不真实。"①切斯瓦夫·米沃什这一不凡见解里包含着的诗学问题，对具有强烈语言自觉意识的李森来说，无疑是不可回避的。

但要实现人类的诗性表达，只有解构还远远不够的。在人生和语言的不归之途中，聂鲁达把李森"引领到一座座滚动着风团的森林、一条条推着沙与雪的海岸、一片连一片分娩着禽兽的荒野"，把雨丝般的时间和雷鸣的空间交给他的心灵。在聂鲁达谦卑隐退的地方，李森一次次回归，他渐渐看清了"具体事物无言的诗性的久远之光，那在虚静的

---

① ［波兰］切斯瓦夫·米沃什著，黄灿然译：《废墟与诗歌》，见《诗的见证》，广西师范大学出版社 2011 年版，第 97 页。

场景之中渐渐明晰的形状和面貌，高贵的物自体"①。这是李森在隐喻的"形而上"与事物的"形而下"之间寻找到的平衡——在诗性的澄明中，让事物自我开显。

李森试图在诗歌中使语言回到事物、回到高贵的物自体，而不是意识形态或包括非理性主义在内的广义的理性主义范畴。语言的回归、探索之路是艰难、漫长的，其艰难的磨砺体现在他的很多诗中。如：

> 星空旋转了一会儿
>
> 开始停下来
>
> 好像一群疯子
>
> 在一个瞬间
>
> 突然睁开了眼睛
>
> 白色的眼神
>
> 屋顶的积雪
>
> 照亮了中国
>
>
> 星空又旋转了一会儿

① 李森：《具体事物、常识与聂鲁达》，见《荒诞而迷人的游戏：20 世纪西方文学大师经典作品重读》，学林出版社2004 年版，第 235 页。

停下来

中国，雪停了

大地之物

绵羊，挤在一起

翻着白眼

恐惧，原地不动

——《星空》（2004）

这首诗流露出诗人的写作愿望：把诗歌主体让位给自然，让物自身说话，充分显露自身，让诗歌学习自然打开自身的方式。第一节中，诗人的愿望依然只是"愿望"："白色的眼神/屋顶的积雪/照亮了中国"，"照亮了中国"这样的语式，在诗人意图中，不管是轻微的调侃，还是形象、直观的感觉呈现，但在革命文学与政治书写泛滥的时代成长起来的读者眼中，极容易投射下某种意识形态的影子。而这恰恰是诗人力图要避免的。在第二节，诗人才以完整而直接的方式，让我们置身于对事物的感受、经验之中。"大地之物/绵羊，挤在一起/翻着白眼/恐惧，原地不动"。诗人让星空自我呈现——这种书写提示了一种对所涉事物的综合的方法，在一定程度上说，这种"直接"的书写是对中国古典诗学的一种现代转换。正如法国当代优秀

127

诗人博纳富瓦在谈到阅读中国诗歌的感受时所言，中国诗人善于让一棵树"在整个的它之上，在指示符号的符号之中"，使得在使用这符号的事物面前，它就是完整的在场，也就是世界的整体本身，宇宙的整体本身，它"召唤言说的生命投身于这一整体"①。《星空》正是这样，不仅召唤言说的生命，同时也召唤阅读的生命，投身于这一整体。

诗人要在诗学语言的规定性与其对真实事物的忠诚之间做出选择是极其艰难的。20世纪波兰著名诗人兹比格涅夫·赫伯特告诉我们，与根基摇摇欲坠的人类领域相反，"物体具有仅仅存在而已的美德——它们可以被看见、被触摸、被描述"②。李森穿透事物和时间的内核，而没有把时间、事物纳入作为体验主体的诗人的眼帘并使之成为可以任意驱遣的词，他让事物显现自身，并进入自身的言说中，呈现物体具有的"仅仅存在而已的美德"。

与此相对应，李森在诗作中开拓的是另外一种存在的时空——让彼此陌生的事物相遇，然后造成

---

① ［法国］博纳富瓦著，树才译：《诗歌有它自身的伟大》，见潘洗尘等主编《读诗（第二卷）》，四川文艺出版社2011年版，第219页。

② ［波兰］切斯瓦夫·米沃什著，黄灿然译：《废墟与诗歌》，见《诗的见证》，广西师范大学出版社2011年版，第124页。

一种语言的冲击。这种冲击的力量是冷静、清晰、陌生的，所达到的审美效果是对庸常的、既定的审美习惯的颠覆。这样的审美效果与诗人的艺术观高度一致："艺术就是使事物重新苏醒的技艺。这里所说的事物，包括一切文化积淀过程中呈现过，但已经死去的诗性。"①

李森在隐喻之"形而上"与事物之"形而下"间寻求一条"在"与"思"同时映照的"形而中"之路，这条路是通往人类诗性表达的有效途径之一。其有效性已在诗人的创作中日益显现出来。

二、栖居于母语：回归汉语的质真言说

自 2007 年起，李森的诗学道路发生了细微而重大的转变。言其细微是因为诗人的创作始终是一脉相承的，言其重大则是因为在经过探索期的种种尝试及 2005—2006 年过渡期间对语词进行有效的清洗、还原之后，诗人的注意力渐渐转向对一首诗整体内在结构的构架及汉语的质真言说。

李森对诗歌内在结构及语境的关注，与其对汉

---

① 李森：《里尔克诗学的两条道路》，见《荒诞而迷人的游戏：20 世纪西方文学大师经典作品重读》，学林出版社 2004 年版，第 207 页。

语特性的认识和把握密不可分。汉语中汉字音、形、意的完美结合，使得字和字的相生相克，词与词的相得益彰，正如宇宙万物间的有无相生、阴阳调和。一首诗里的"天人合一"，与世界的存在是彼此映现的。因此诗人不再仅止专注于一棵树或一颗鹅卵石，而开始在一座森林中选择在"此处"最合适的那一棵树，在一条河流、一片海域中挑选在"此处"最恰当而不是单独欣赏时最美丽的那一颗鹅卵石。其达到的成就集中体现在《屋宇》①中，且《屋宇》不仅显现出诗人写作转向的可能性，更显示出汉语深层地缘本源性力量的释放。这一力量在其源头处（《诗经》）就表明，西方语系的诗意言说无论如何替换不了由汉语而来的诗意涌现，反之亦然。即便现代汉语深受西方语言的影响，变得丰富抑或混乱，但表面地貌的修改并不意味着深层地缘的变动。在这个意义上，所谓的复古，是让某种被遮蔽或遗忘的本源性力量释放出来。如《橘在野》，"在起兴与感发原初碰触的时刻，声音与图像一道在事物生长之中到来，并且以独特的方式引申到新的原发砥砺之中，承接着新的

---

① 李森：《屋宇》，新星出版社 2012 年版。

生命经验与时代观照。这种诗歌反对西方语法的造句模式，尽管并不反对西方带有时间标记与空间建构的想象空间，而是有所转换。这个新的句法，乃是按照物自身显露自身，各个基本要素，在现象学式的构造中，在诗意自由变更的想象中，生发出一种新的当代汉语写作。"① 这种新的当代汉语写作，其核心在于"当代"和"汉语"。

诗集被命名为"屋宇"。"屋宇"位于书页的最中间，四周巨大的白色边缘使它独立无援，也使它稳固不移。众所周知，一首诗中的"每一个词，每个逗号都承载巨大的——也就是说，是与废置的空间成比例的——暗指和含义。诗中的词，尤其是那些位于行首和行尾的词，全是超载的。……这像是白色天空中的一架飞机，其中的每一个螺栓和每一个柳钉都有着巨大的意义"②，更何况是同时作为一部诗集名、一组诗歌名和一首诗题目的"屋宇"。

"屋宇"，词典释义为"房子"，英译为 edifice，后者指"大房子"或者"大厦"。"屋宇"与

① 夏可君：《李森的新咏物诗以及古典诗意语文的全面复兴》，《诗歌月刊》2012 年第 7 期。

② ［美］布罗茨基著，刘文飞等译：《文明的孩子：布罗茨基论诗和诗人》，中央编译出版社 1999 年版，第 167－168 页。

"大厦"所归属的普遍性都是"人居住的地方"，但在不同的表达中，居住与居住、人与居住之间的关联变得可疑起来。《说文解字》对"屋"的解释是"屋，从至"，"屋"是有所居住的到达。《易经·系辞》说"上栋下宇，以待风雨"，"宇"为屋檐，屋檐即为屋之边界，由此风雨有阻，由此雨燕找到庇护，由此"仰观宇宙之大"。"屋宇"意味着人的穿行于天地之间的到达，就是栖居。现代城市中无处不在的大厦被视作现代化的标志，越来越强大的技术使大厦站立起来看似山峦屹立。大厦是城市的脸谱，也是魔鬼的杰作：

> 我们住在城市里，魔鬼在城外敲门，此情此景，由来已久。
>
> ——《城市》（2008）

"城门"是城市向外打开的缺口，这一缺口同是城市的敞开与闭合。当魔鬼来敲门的时候，城门抵挡了魔鬼的进入，握着錾子的魔鬼便在城门上錾着文字和自己的形象。如果在上帝—魔鬼的二元对立模式中语言显示出神性—魔性即禁止—引诱的双重位格，这首诗则消解了这种二元性：魔鬼来敲门，上帝缺席。上帝死了，城市建造者无休止地扩张着有所建造的强力意志，以至能够把魔鬼挡在门外。但魔鬼并非无计可施，他们刻在门上的文字和图像作为指路碑文引领、引诱着人：

> 唯一给我的尊严，就是在门上，錾出了我们心中的鹰和兔子，錾出了花纹。
>
> 日复一日，无论醒着，还是昏睡，我们也在敲魔鬼的门，我们与他们，在互相模仿。
>
> 日复一日，人与魔鬼，都在树碑立传，錾着自然。
>
> ——《城市》

魔鬼与人相互叩响对方的"门"从而开启走向对方的通道，錾子之"錾"意味着铿锵作响的力量的嵌入和游走，城市就是人之建造力量对大地的錾入。魔鬼让"自然"之人向着自己塑形，人凭借内在的强力意志和外在技术（錾子）改造自然，二者都在以碑文的传记形式"书写"自然——这种书写贯穿的魔性必然导致"自然"的毁灭，但真正对"自然"的书写还未开始。

德国诗人歌德在与约翰·彼得·爱克曼谈话中说过，激发人的创造力的力量"在水中，尤其是在大气中。空阔乡野的新鲜空气是我们必备的要素"①。从这个层面说，城市的居住并非真正意义上的栖居。屋宇才能让栖居的本质如其所是地呈现出来。诗歌的书写从"屋宇"展开：

郁郁的青，山坡下是我的屋宇，我有青瓦，我有诗书，我有火塘。

——《屋宇》

首先呈现的是山，"山"意指屋宇的"靠山"，也就是屋宇的脊背，"依山傍水"使屋宇上迎山之仙气下接水之灵气。诗人不仅熟悉"屋宇"的独立性和稳定性，也深谙它在这一句、这一节、这一首诗的整体设计中的位置和作用，它与下一个语词、下一行诗的承接，与前面、后面诗句的呼应：瓦之青和山之青相映，前者是对后者的模仿。瓦为居住者遮风挡雨，也是雨点尽情弹奏和春风肆意吹鸣的乐器。诗书并不是可有可无的，它与自然之天籁一唱一和。火塘引来美味、温暖、光亮、交谈、故事。火的形成意味着自然之木在燃烧中的消失。

---

① ［德］爱克曼辑录，吴象婴、潘岳、肖芸译：《歌德谈话录》，上海社会科学院出版社 2001 年版，第 348 页。

屋宇里的栖居不是故步自封的玩物丧志，而是守护。

> 我还看见过，春光心慌，点燃夏火，秋云伤怀，抟成冬雪。
>
> 我知道世界等着我开门瞭望，门槛等着我回来闭户厮守。
>
> ——《屋宇》

栖居让世界敞开并守护此种敞开，作诗就是最好的守护。《屋宇》厮守着栖居中的一切：春华、秋实、书房、窗户、栏杆、门、门神、柱子、墙根、片瓦、壁炉、废园、朝阳、月圆。厮守是沉默中的倾听、回应。厮守在天地之间，经受着季节的轮回，自然的节奏也在人身奏响：

> 我的春，我与万物的幕帐，哗哗作响。
>
> ——《春华》

万物的春生夏长秋收冬藏是为天之道，栖居者听到了天道之音并顺从其指引。没有什么能够阻止春华的绽放，人之心也在压抑中萌动，这种压抑作为幕帐遮蔽了"我"与万物的共同对时节的感应，

"我"撕扯幕帐就是自然而然的事。栖居者必然经受着置身其中的时空，但这里的时空不再是平面化的物理时空，而是天地间万物自行涌现和消逝、时令自行往复的那个人居于其间的"之间"。栖居者从栖居中"仰望命运"。

世界上有没有这样的故事？檐下需要打开，墙需要洞明。

四野需要天下，我需要仰望命运。

——《窗户》

窗户的作用是通风和采光，这是窗户之为窗户而被"打开"的目的。窗户也是自在、自足的，一束阳光射进窗户与地面形成的夹角不断变化着角度，有时风雨从远山向屋宇袭来，或者黑夜把窗户涂抹得漆黑。窗户是墙的敞开，栖居者由此洞察时光的流转和四野之上苍天之下万物的移形换影——这就是"命运"——诗人像一个词立在一首诗中，任由空白之页向四方展开。

窗户和门是对墙的虚无化，墙之坚强是对虚无化的空间的占"有"。老子说"凿户牖以为室，当其无，有室之用"。"用"之本质在于"无"，窗户对墙的虚无化其实打开了仰望命运的"眼睛"，而

"命运"隐藏于有—无的显隐运作中涌现—消失。门对墙的虚无化使人洞开了走向"命运"的通道。

诗人是语言的炼金术士。当诗歌的语言之花从诗人口中绽出，听者包括那些处于守候中的物在被召唤着。

> 亲爱的盲人，博尔赫斯，这间书房里养着你的老虎。
> 养着你的语言的炼金术士，通过一株楠木的枝叶，投在地板上的太阳的花斑。
>
> ——《书房》

炼金术是一个让金子自行呈现的过程，如何"让"则依赖炼金之"术"——经验（技艺）。诗歌技艺的磨砺场所就是书房，书房是各种言说聚集的地方，这些言说成为供养诗人的养料。诗歌技艺的磨砺意味着在书房中倾听"纸人"的言说，与自然之物交谈，而这种言说本身就是诗。

在《屋宇》中，"魔鬼""博尔赫斯"等外来词的出现并未减损其诗歌整体的汉语韵味，因为诗人是直接进入汉语的质真言说，并让汉语充分表达其自身。语言有自己的德性，诗人这种质真是老子《道德经》中"上德若谷……广德若不足，建德若偷，质真若渝"之"质真"，其意旨即是真德。质真的言说如心地质朴之人，五德俱足，五气纯真。德存之于内，心性敦厚；德流之于相，形貌朴实无华。此乃德性的善显于外，亦是德质升华的自然流露。

三、在语言中回乡：触摸诗性的大地

母语是诗人的故乡，诗人是依赖母语生存的人。诗人栖居于语言之中，母语遴选属于自己的诗人，如同屋宇庇护着守护者。汉语诗歌的写作者能否求得汉语的庇护，并不取决于一些衡量诗歌的标准或规则，而是取决于能否领受汉语的"命运"，并在语言的炼金场静候金子的析出和闪光。

在李森看来，诗歌是伴随着人从海德格尔的"原始存在之澄明"中、从倾诉的深渊中分离出来的表达形式。人类"一旦使用语言，一旦走上某种言说之途，造物作为敞开者就已经被语言的指向、语言的命名或表达所锁定。表达的范式来自表达的范畴；没有表达的范畴，则表达的范式就不能存

在，就不能呈现美的、有意味的形式。"① 因此，诗意的言说成为诗人在经受守候的"饥饿"之后必须返回的唯一的故乡：

> 有过一出戏，有过一个人，有过一种声音，一些文字，一种饥饿。
>
> 茨维塔耶娃的骡子，驮着思念的重荷，从法兰西，向俄罗斯走去。
>
> 诗人姐姐，只要一个马背的摇篮，一个笼统的牵引。抱着祖国，乡愁。
>
> ——《茨维塔耶娃》

诗人是被乡愁牵引而驮着思念的重负返回故乡的，返回生于斯长于斯的大地，返回越来越重的乡音，但思念不会因为最终的到达而减轻。真正的思乡者只是行走在返乡或离乡的途中，他总是被某种力量牵引着，他只能把乡愁藏在诗歌中。因而回乡不仅是回到祖国，更是向母语的回归。

联系上文中的《窗户》《书房》等片段，读者不难得出这样的印象：诗人栖居于语言之故乡，在

---

① 李森：《里尔克诗学的两条道路》，见《荒诞而迷人的游戏：20 世纪西方文学大师经典作品重读》，学林出版社 2004 年版，第 204 页。

语言中召唤物，让物进入自身的言说，让物成为物自身。物不再作为主体的对象在主体的规定、设置中有所作为，而直接是它自身——通过诗人的以语言为栖居方式的诗意言说。诗人无能也无意主宰物，物恰恰通过诗人的言说显示、聚集、释放自身的本质。如果没有诗人倾听片瓦、柱子、火塘的交谈，并把这种交谈带入语言中保存起来，屋宇中被庇护着的物的本质始终是被遮蔽着的。

城市提供的栖居——一种势不可挡的计算力量计算着一切，栖居者也落入自己的计算之中。这里无需守护什么，相反要从主体的意志出发去取得什么。物的存在就是被最大限度地榨取其利用价值，难以想象城市的栖居者会从窗户"仰望命运"。越来越技术化的城市离自然越来越远，然而再也没有比城市更渴望自然的了。

城市仅仅出现在诗集的开端，然后诗人毫不犹豫地转向屋宇，转向呼呼作响的春光乍泄，走上返回故乡的道路。诗人的现实栖居是否一定要回到"屋宇"呢？诗歌与现实的脱节或错位是否意味着诗歌无法获得自足？返乡是否就是直面城市栖居方式的一种决断？可能的解释是多向度、多层次的。第一，诗人的生活境域处于流变之中。城市作为最主要的生活境域，它折射着大多数人梦想着的幸福，即便其技术化潜伏或者显露着危机，但与诗歌的言说并未必然形成冲突。诗歌完全可以在批判性的思考中赢获自身的语言空间。如果诗歌不能应对生活境域的改变造成的冲击，诗歌的言说尚未开始就注定失败。第二，语言同样有自身的发生史。不存在什么现代汉语的危机，西语植入汉语恰恰是汉语演变的契机。汉语写作的危机根本上在于缺乏创造语言意志和能力的写作者。任何向古代汉语的返回都是不可能的，不仅因为古汉语植根于古代的生活境遇，也因为语言不可能退回其曾在的状态。向古典诗歌意境的返璞归真不过是一厢情愿的怀乡病式幻想。第三，诗人守护着语言，诗人守住的只是语言。即便被现代城市的栖居方式裹挟，屋宇中的栖居依然是敞开着的现实或者说道路。回到现实中的屋宇中的栖居并不意味着反对或逃避城市中的栖居，而是走在不同的道路上。无论城市与自然如何隔离，这条道路始终是守护。这种守护只有通过"作诗"才向我们显示出来。"作诗"是对故乡（自然）的歌唱—念想，语言之花从中绽放。三种解释可以并行，因为每一种解释都可以从诗歌文本中找到展开的余地。不过第一种解释偏向生活现实，第二种偏向语言，第三种则显示于现实与语言之间的存在论意义。

在言说中，《屋宇》离我们时近时远。这里的"屋宇"是"形而中"的，它既是具体的实在，也是一种生命存在空间的整体象征。不过，在整体象征和具体象征之间，诗人恰切地控制着语言，同时也让语言充分表达其自身。

对诗歌最好的解读就是反复吟诵它，直到它成为身体的一部分，活在我们呼吸的肺腑间。诗意言说本身就是词语有所抵达的碰撞：

> 我终于到达秋天。我无话可说。
> 现在。梨树决定，要让所有的梨子落
> 下了。
> 接着，梨树又决定，让所有的叶子落下。
> 我等着一个决定，一个回音——
> 从南方到北方，夏天的落幕轰响。
> 可是，我只隐约听见，梨花来叫梨，梨在
> 叫梨花。
>
> ——《到达》

诗歌与宗教一样，使以其为信仰的人活得心安。诗人的信仰是诗，只有与诗相伴，方得心安。

诗人面对时间写作，无论是回忆过去，还是展望未来，其实都是试图减缓时间流逝和人类的慌张。随着季节的往复，年华的失去，诗歌完成了对"屋宇"的"建造"，语言的果实成熟了。"我"陷入沉默，倾听梨树的决定，等候夏天落幕的回音。梨花与梨的相互叫唤质朴而深沉，"我"听到的声音似乎很微弱，但却是最打动人心的召唤。也许唯一能对抗时光消逝的就是这种静听中的守护，守护那条从来不曾忘记的"回乡之路"。这种守护唤醒了"屋宇"对守护者的庇佑，同时唤醒了汉语永恒的诗性。

在对李森诗歌创作及其诗学观念进行整体观照、思考之后，现在是回到那个自始至终跟随我们的问题的时候了——当代汉语诗歌书写的可能性何在？正如笔者在篇首所述，语言褪不了民族的外衣——语言的大地性。同样是"大地"，在语言的大地性与诗性的大地间，与其说李森是向西方诗歌取经，从古典诗歌学习，抵制语言的技术化和平庸化，不如说他是在质真的言说中，唤醒了汉语永恒的诗性。这诗性的大地是原在的，它先于一切语言而存在。因此李森看似没有用力，自然地就避开了现代汉语诗歌不得不面对的既不在西语中言说又不在古汉语中生发的两难处境，他的诗歌写作"打开了德勒兹所期待的那种不断漂移的千高原式块茎写作：让语词回到块茎，再次移动、生成，寻找新的节奏，迈着异常高大的步伐，在各个山峰之间阔步，推开语词层层幕帐的崭新空间"①。其抵达的"形而中"：让事物自我开显、栖居于母语——回归汉语的质真言说、在语言中回乡——触摸诗性的大地的写作路径和诗学观念，对于当代诗人继续深入探索汉语诗歌新书写的可能性，具有深远的启示意义。

---

① 夏可君：《李森的新咏物诗以及古典诗意语文的全面复兴》，《诗歌月刊》2012 年第 7 期。

基于内在自我的虚幻想象与个体抒情

——海男诗歌艺术探析

在 20 世纪 80 年代，海男通常与翟永明、陆忆敏、王小妮、唐亚平、伊蕾一起，被文学评论家称之为"女性文学"代表。她不羁的灵魂、奇异的热情和狂放的气质，总是让诗歌惊人地突然出场，以致其意象忽如陨石从天而落，又如女巫在森林中历险。在她神秘的语言世界里，万物常常得到意外的揭示。她把或远或近，或存在或虚无的事物拉到眼前，用异质混成的生命体验和虚幻的奇异想象产生的敏锐感受力书写美丽而荒诞的世界与历史。身体与欲望的往复回环是她多年的抒写领地，她还擅长通过外部世界的事物来投射内心图景。因此，即使是书写实地景物、历史事件、生活现象，其笔墨重心依然落在景物、历史、生活所激发起的情感反应、知觉变化与奇幻想象方面。

对身体经验的私己性书写

作为读者，我们常试图通过词语管窥那隐藏在密林中的豹子，个体书写不可替代的独特性就是晕圈般荡漾开的斑纹。然而，个体书写如何才是个体的？是因为"我"对语言的独特运用，还是根源于"我"之体验的私己性？真实体验与幻化想象的界限在何处？这个问题是每一位诗人都绕不开的。但对诗人来说，能够幸存的只是词语。套用尼采的一句话：我们在窥视语词，语词也在窥视着我们。甚至，只有语词对我们的凝视才指引着语词背后的深渊。

语词。我们往往首先被语词的光芒照射。迎面而来的第一个词语是诗题"裸体"：

> 她把自己变成裸体时，仿佛所有的镜子
>
> 照亮了她的四肢，她醒来了
>
> 醒来是奇特的、慢性的、带来美好境界的
>
> 开始
>
> 她生活在一年中的秋天，凋零声给她带来
>
> 了糖果
>
> 甜蜜充斥着上午，在一阵细雨声中
>
> 行走是快捷的、欣喜的、奔赴那座有葡萄
>
> 的山岗
>
> 裸体已不存在、荆棘已完成了使命
>
> 她喘着气醒来，她噙着惊喜的泪奔走
>
> 她是暗盒中流动的鱼和溪水

她是光阴中的枕头和发丝

她是裸体中一丝不挂的风景
被称之为肉体的那个人，卷曲着
不呻吟，也不啜泣；她很快就会死去
迎候着死亡是她一生中坚持不懈的目标。

　　　　　　　　　　——《裸体》

　　身体具有不容置疑的私己性，对疼痛的感受，对触摸的敏感所激起的感觉，无不呈现出个体差异。诗的开头说裸体是她"变成"的，"变成"意指变换、蜕变为"它者"，她与裸体之间横亘着某种需要跨越的东西，以便使后者敞开在光亮之中。她把自己变成裸体，并非为了向某种自然状态复归。纯粹自然的裸体如同动物，不会被"唤醒"。这里的"裸体"恰恰是通过去除遮蔽而敞开自身——镜子本身不发光，而光源来自裸体，对裸体的观看使她被欲望唤醒。欲望的苏醒过程缓慢而美好，如同秋叶开始凋零时果实渐渐成熟。

　　雨的隐喻意义是陈旧的，但在此诗中，秋天的细雨声温润而缠绵。从雨到细雨的转变，显示了诗人感觉的精致敏锐、纤细微妙。细心的读者不难发现，海男诗歌之独特处，往往不在于零碎枝节的意象、文字、节奏的优美表现，而在于感情借着细微感觉得到淋漓尽致的渗透。作为一位优秀的感觉诗人，她对感情透过身体感觉而徐徐向广处深处伸展的有效运用，无论就其变化的众多或技巧的娴熟而言，都实在惊人。这一点无论天赋多么卓绝的男性都是不可企及的。

甜蜜甚至使时间驻留——这是欲望不断行走、充实的过程，它在加速度的攀升中达到某个顶点——"有葡萄的山岗"。葡萄、山岗既是身体部位的明喻，又意指欲望本身"披荆斩棘"之后实现了自身。顶点即没落。黑格尔说欲望是对对象的消灭①。欲望退却后，"裸体已不存在"，这即是欲望消灭了欲望的对象——裸体。她再次醒来，从欲望沉溺自身的甜蜜眩晕中醒来，她含着惊喜的泪重新审视身体。"含着惊喜的泪奔走"，是对生死之间边界的触碰，"她再次醒来"，从而可以确认她是暗盒中的鱼、溪水，光阴中的枕头、发丝。一暗一明，一隐一显，一动一静。在明暗、显影、动静之间，她看到了裸体中那空洞的风景——欲望。被欲望主宰的那个人被恰切地命名为肉体，肉身是速朽

---

① ［德］黑格尔著，贺麟、王玖兴译：《精神现象学》，商务印书馆 2010 年版，第 136 页。

的，直面肉身的脆弱性和短暂性显示着她的坚韧。

在她与裸体之间变奏的眩晕及苏醒的步调最终落在肉身的死亡上，这是步调的终结，但也正是向着肉身死亡而来的生，使欲望的律动造就丰腴的意义，即诗中所谓"美好的境界"。裸体其实不需要"他者"的观看和审视，"她"即便可以在欲望实现自身后回视欲望的风景，也无需那些所谓来自灵魂、异性、神的视线的照射。裸体言说自身，亦是自身的倾听者。一个潜在的对话者即便在场，也只是欲望消解的对象，这是自成一格的境界与气象。即便肉身在欲望的顶点处窥探到了虚无，它专注于死亡的同时却还能向死而生。

身体对自身的专注，使一种被他者眼光遮蔽的美，一览无遗地展现出来，这个"他者"首先是带着理性主义和权力意志的男性：

> 那无非是被我们进一步所看见的
> 花蕾上的露水，花蕾上的创口
> 花蕾上的瑕疵，花蕾上的蜘蛛
> 所有束胸的理由源于我们是女人
>
> ——《束胸的理由》

"我们"是女人，女人自身的美以及对美的爱欲，无需迎合他者的偏执及那些自以为是的眼光，女性身体的异质性和美就是"我们"成其为我们的根本所在。"我们"观看身体，并且看到爱欲来自自身又回复自身，即美源自身体。但身体并非完美，因而引起了人对美更强的爱欲。为了让身体变得更美，这是束胸的缘由。历史上，女性的身心意志均被男权社会的表面礼法和内里强力改造。但诗句"所有束胸的理由源于我们是女人"不再是乞求他者的关注、施舍，而是源于美的召唤。

海男常年近乎固执地痴迷于个体身体经验的私己性书写，这是对美的召唤，是对自身个体存在不断证实、强化的方式之一种，这一切都跟她强烈的主体意识、强大的内在自我息息相关。而对云南的玄幻化想象、对爱情的女性化书写，亦是其内在自我显现的不同侧面。

对云南的虚幻化想象

随着全球化浪潮迅速消减各国各地间的文化差异，作家的写作逐渐呈现出同质化倾向。在此背景下，诗人基于地方、本土的写作，就具有一种特别的价值和意义。

云南是海男的故乡。神奇的自然风景，多元的民族、宗教文化，远古与现代、野蛮与文明的错位反差，民族传统与现代文明的戏剧性碰撞汇合，生成了云南的神秘现实。在海男的诗歌中，读者不难发现那些根植于云南高原山川、河流峡谷及多样生活方式之中的元素。在第四届高黎贡文学节与徐敬亚对话时，海男直言，其作品里的"神秘性"，就是来自云南这块土地，来自高高的山冈、清澈的天空和芬芳的水。

驾轻就熟的虚构能力，使海男对云南的想象，一开始就走向永无止境之地。从澜沧江流域绕到香格里拉独克宗古城，她熔炼出《献给独克宗古城的十四行诗》，在她通往云南和自身心灵秘境的远征中，诞生了《忧伤的黑麋鹿》。而《古滇国书》（组诗）和《来自古滇国的诗札》（组诗）是海男的云南想象中最具魔力的结晶。

诗歌写作有不同的路径。同样是云南诗人，同样是书写云南，海男对云南的书写与于坚的《哀滇池》和《谈论云南》、雷平阳《云南记》等皆大相径庭。于坚的写作背后有大地、家乡、方言，雷平阳的写作凝结着一种挥之不去的"乡愁"，而海男的写作是玄幻化的虚构式想象，她把很多事物都抽空、悬置起来，使诗歌脱离了具体时空。

噢，滇池离我到底有多远

我满身的节奏是那样明快，当我以奴的速度来奔跑时

世界于我就是以这旷野下水波的撞击声，组合了音律的铿锵

于是，我两眸间荡来了野花，它们像我一样快活无忧

而当我以一只野狐在西山脚下奔跑时，我的四肢间的金色或褐色

游荡着我奔跑过了史前的乌云，奔跑过了史前的云海

而此刻，当我以奴和野狐的双重特性踏着水浪直奔古滇池岸时

正是古滇王从水浪中上岸的时刻，这是一个历史性的时刻

——组诗之四《古滇王在滇池的第一场裸身沐浴》

她以奴和野狐的双重身份来到古滇池岸边，狂热的目光所及之处，沉睡数千年的古滇王、青铜器、干栏式筑居及一幅幅神秘图像顷刻间活色生香、熠熠生辉。

维特根斯坦提醒人们："要看出那个摆在我们

眼前的东西是多么困难。"① 的确，比起看见面前的单个具体事物而言，在深广的时空及辽阔的领域内移动、漫游显得较为容易。但在漫游中，要如海男般准确地捕捉事物的气息、赋予所经过之物以魂灵，却并非易事。海男喜欢并擅长于漫游，她的能力不在于直观、准确地发现，而在于强大的赋予——赋予事物一个独特的空间，在这个封闭、自足的空间里，其幻想气质、澎湃激情笼罩着所有事物，使万事万物轮回在诗人玄幻的光环中。

对云南的虚幻化想象，使海男驾驭着语言这头凶猛的野兽，在搏斗中把原始冲动、欲望化为一种具有深度与力量的节奏感。

现在，我们的王已经开始带领我们筑居。我站在王的身边
感觉到他的呼吸终于摆脱了那场战乱的追杀
这呼吸像波浪皈依于岸，皈依于稳定的太阳的定律
皈依于山冈上已经用檀香和楠木筑起的柱子
皈依于第一层楼下已经从暮色中归厩的牲畜们的欢悦

---

① ［奥］路德维希·维特根斯坦著，涂纪亮译：《文化与价值》，北京大学出版社 2012 年版，第 58 页。

皈依于第二楼上用粟米所堆集的一座仓储地上

一层层的金色

皈依于第三层楼上那与天空接壤的我们的寝宫

和秘房

皈依于那灶膛前的松木香火中绵延出的黎明

——组诗之七《滇王的筑居之梦在长夜中脱颖

而出》

诗行间，鲜明的节奏感与想象相生相应，玄幻、神秘的气息浮游为浓郁的氛围，这是一种语言琴弦上的心灵舞蹈，诗人的想象如海水般，让海藻得以灵妙地舞动自身。《古滇国书》中通篇出现如"皈依于……皈依于……皈依于""穿过了……穿过了……穿过了……"，以及《来自古滇国的诗札》中如"看见的只是……看见的只是……看见的只是……""会留下……会留下……会留下……"，这样连续铺排、气势如虹的句式，仿佛是诗人女性之繁衍、生殖能力的语言写照。她从未停止与语言的较量、搏斗，也从未妥协、降服于语言。她掀开冰冷坚硬的碎石泥土，用奇异的想象激活读者去感受藏在语言里那颗温暖、生机盎然的种子。她是古滇国舞后，永不疲倦地引领着语词的精灵飞翔，去探索诗歌无限的复杂性与微妙性。

生于斯长于斯的海男，深深迷恋着云南的地理及过去、现在、未来。对她而言，"地理，不仅仅是以山水风光所构造的纬度和经纬线；它也同时是以植物、山脉、湖泊、江河、天气所编织的言之不尽的隐喻之书。"[①] 这本隐喻之书，充满诗人的个人化抒情与虚幻想象，可以说是海男诗歌书写方式由"身体经验"转向"云南"的延续，一种发生了轻微变异的延续。

对爱情的女性化感知

诗人是无性别的，他们本源地置身于心与物的境域中进行诗意言说。但诗人也是有性别的，女性诗人一旦开始寻求自身的表达，那种原初的差异就会突显出来。这种差异无法纳入到某种先在的诗学体系中，因为已有的诗学体系以一种自设的普遍性视角遮蔽了其异质性。女性自身的虚无化力量以及女性在文学上的天赋在古典时代都是隐而未显的，《红楼梦》呈现出的女性与生俱来的诗性天赋其实远远高于男性。

无论古典时代在"德性"的观念性（形而上

---

① 姚霏：《海男：隐秘而忧伤的一只黑麋鹿》，见《说吧，云南——人文学者访谈录》，云南人民出版社 2011 年版，第 23 页。

学）趋向上如何高于现代的相对主义伦理"价值"，一个"男尊女卑"的时代，甚至到了男人对女人绝对统治和任意"耕耘"①的地步，其"德性"的盲目看不到"自然法"的根底是人为设定的"礼法"。而挣脱了"礼法"束缚的现代女性诗人面对的问题是，如何在呈现自身的诗性时持守其性别差异的优异而又不走向隔绝式的对立。让我们跟随海男的女性化爱情书写来领略其味吧：

> 只有当女人穿裙子时，空气中洋溢着
>
> 充沛的芬芳，它们是一群超级的
>
> 女狐，纵身于她们领地上的空间
>
> 噢，走开吧，男人，别激怒她们的利齿
>
> ——《只有当女人穿裙子时》

在某些时候，女人置身于自我封闭的空间中，沉溺于芬芳和轻盈，这是让她们为之感动的美。女人的美让爱慕者魂不守舍，然而女狐为爱欲者贮备了利齿。女人—女狐—男人，女人狐变后所具有的智性、力量恰恰是女人保护自身的屏障。传统的狐

---

① 古希腊悲剧《安提戈涅》中，克瑞翁说："海蒙大可以去犁别的田地。"这不仅仅是一个比喻，罗马人就直接把女人当作可供耕耘的土地。

变故事总是诅咒、贬低女人的妖媚、聪慧，但实际上是作者对女性之美所具有的摧毁性力量充满恐惧的变相书写。美所引发的，未必是对美的纯粹之爱，还可能是对美的嫉妒与毁灭，毁灭常常是以对美的无节制欲望为手段的。但是，爱欲不会趋向他者吗？对爱情的书写将使她们建立的界限一再被跨越，这也表明"他者"即便被拒绝也是在场的。这种在场使得女人和男人陷入纠缠的命运中。

> 妥协的时刻又降临，面对一个男人
> 仿佛就是面对全世界的异族
> 我们必须放弃女人的尊贵
> 尽管这尊贵犹如丝绸已使灵魂出窍
>
> 再一次地，拉紧了丝绸内衣的吊带
> 卷曲在角隅。每当我们面对男人
> 妥协以后，仿佛已经被我们自己流放了
> 很长时间，那些流放中的荆棘刺伤了我们
> ——《妥协的时刻又降临》

在男人与女人的纠缠中，妥协的总是女人。这是女人自我流放的过程，她们在流放中把伤害承担下来。一再妥协，一再被伤害，印证着她们无与伦

比的韧性。爱欲越过身体的界限渴望着什么。爱情？爱情与精神的关联何在？

爱欲滞留于肉身时，再美的身体也将归于虚无。向着虚无而来的，是对当下之美的赞美，对爱之自由的追逐。但赞美和追逐隐藏着挥之不去的阴影：赞美与害怕失去，自由追逐与无所依傍。个体体验从自身身体转向对爱情的渴望与想象，毕竟，爱情之河有光亮照见不到的黑暗角落，有待于诗意语言的照亮。

"爱情"是海男不同时期的诗歌反复出现的语词和主题，在组诗《献给独克宗古城的十四行诗》中，甚至还出现原罪、祷词、救赎、神仙这样的言说：

> 诞生着一个词语，它就是爱情或者祈祷
> 　一个词语，使我生之原罪散落在城隅的祷
> 词底部
> 　　——《词，散落在城隅的祷词底部》

散落在城隅祷词底部的这个词，就是爱情。爱情和另外一个词语构成了诗歌的两个网结——"死亡无法制约爱的又一次轮回"（组诗第十八首）。爱情在轮回中保持着自身。"我"在此生爱上一个

彼时的"他者"，这就是爱的永恒轮回。爱的对象以历史创造者的身位在场，爱欲不仅超越了肉身也超越了单纯的情爱，但"轮回"的故事渗入了太多想象。诗歌被看作个体想象力自由驰骋的领地，但能够诉诸诗歌的想象力绝非无际无涯，语言往往构成难以逾越的边界。

对身体欲望、爱情想象的现代性书写，表面上是对古典理性的反抗，以便赢回身体自身的空间，但是以身体为欲望、爱情的中心，也是对精神、情感或理性的遮蔽。男人与女人纠缠的命运如何不被欲望消解，如何在相互的期许、弥补中获得灵魂的提升，古典的灵魂学说提供了某种参照。比如身心关联中的天道言说，身与灵魂关联中的本相言说，以及对超越个体情爱的宗教性言说。

如今普遍强调肉身欲望化的爱情表达还在追求"共同语言"，这至少表明，爱欲在较高的层次总是祈求某种超越。柏拉图的《斐德罗》里有一个比喻：灵魂的三驾马车是理性、激情、欲望，理性一手驾驭激情，一手驾驭欲望。只有理性能够平和激情、节制欲望，对欲望的节制不是要压制欲望，恰恰是以节制提升欲望的层次。

诗人的诗意言说处于关隘，必死的肉身、女性化的爱情想象其实超越不了自身的界限，看似意义丰富的爱情带来的更多是伤害以及伤害之后无声的忍耐，但诗歌必须完成那生死攸关的一跃。海男近年尝试着实现新的一跃，即转向历史性的个体抒情。

嵌入历史的个体化抒情

诗歌内在的质地是指使一首诗歌成型的形式、构成诗歌内容的具体细节以及诗歌写作的技艺，而气象则指向某种更高的东西。文气的顺畅与阻滞，文象的广博与狭窄总是诗人自身命运的显象。

从身体经验、云南想象、爱情书写转向历史嵌入，海男诗歌的格局与气象焕然一新。她在《古滇国书》的青铜器熔炼魔法、《中国远征军赴缅记》的黑色哀歌及《彝良灾情与地球忧思录》中锤炼诗意，以十四行诗将独克宗古城的历史召唤到当下。

诗人可以在冷眼旁观中叙述历史，也可以寻求与历史的对话，并在对话中书写历史。海男对历史的书写，常以第一人称的方式嵌入。这种嵌入就是直接进入对历史轮回的想象中，身临其境。

它已经日渐变老，这是一个事实

犹如我们身体的年轮从轻盈的旋转

进入沉重的滑行。而当我再次进入独克宗
古城

仿佛重温世事的沧桑，仿佛重又陷入轮回

　　　　——《独克宗古城，我的冥想之床》

"仿佛"陷入而不是实际"陷入"，这是意识的先行摄入。"我"在无限轮回中承接过去，向未来敞开。"轮回"反复出现，前因后果，皆是注定。

那些水井里的清澈和深度

黑得那么铿锵有力，黑得多么的忧伤

对于仁慈和遗忘，我们只可能在其中选择

独克宗古城的梦幻，召唤来了新的黑颈鹤

　　　　　　　——《历史》

历史是一口深水井，清澈而深邃，深邃而漆黑，漆黑处暗流涌动。"鹤"是照进历史深邃黑暗中的"光亮"。"鹤"反复出现在组诗中，如同引领词语飞翔的"引擎"。

一面是轮回中的历史，一面是自由化的鹤。转经筒和黑颈鹤是某种特定意义的象征。二者之间的张力和关联，成为个体抒情的领地，然而这是一个危险的领域。个体抒情如何不让过度的情愫遮蔽历史本身的事件涌现？想象的真实与现实的真实如何转渡？组诗的第二十一首说：

> 有彻骨的寒冷穿透了足踝以下的石板路
> 让我想起最亲爱的王的温良习性
> 想起他超凡的理解力，以及像空气般纯洁
> 的胸怀
> 在混乱的时间程度里，我的年华倾向于他
> 的存在
>
> 他的存在暗喻着一种自然所赋予的决定
> 类似美德像独克宗古城的转经筒一样礼赞
> 着生命的转瞬即逝
> ——《有彻骨的寒冷穿透了足踝以下的石
> 板路》

　　弥散着的寒冷让身体感受到其穿透力，石板路的冰冷没有加深寒冷反倒是打开了通往历史的温暖之路。"王"之单向度的完美，是神圣美德的化身。转经筒指向的生命轮回，不是尼采基于权力意志的永恒轮回，而是生命之生生不息和对美德的永恒追求。爱在这里超出了个体的情爱：

> 犹如你掐灭了灯烛的最后一点光亮
>
> 使我在人间的独克宗古城享受到了最美的
> 情爱
>
> ——《公元 640 年秋天以后的黑颈鹤在城
> 外拍翅飞行》
>
> 而一旦我所思念的王回眸看我一眼，我所
> 有的前世都会复苏回来
>
> ——《在独克宗古城的地理符号当中》

对爱情的书写不断伴随着"鹤"的出现，这意味着对自由的追求。象征个体自由的"黑颈鹤"到了组诗第二十四首，化为象征群体自由（"群灵"）的"仙鹤"。其间涌动的是独克宗古城发生的历史事件的流变，这些事件更像是一些空洞的名词或铭文——仅用于激发哀悼者的想象和凭吊。对诗人来说，重要的不是历史发生中的细节呈现或人物、事件的评价，而是置身历史时间中的抒情。

组诗的前半部分嵌入了历史事件，后半部分则几乎是以第一人称为主体的抒情：

> 我是幽灵和诗人，是你消亡的城隅中的姐
> 妹和恋人
>
> 我是女人，用尽了所有的时间
> 回来考证你大好河山的源头到底有多远

现在，我即将转身，就像杰布王的女奴在

风中失散

　　"考证"并非考古意义上的实证考查或历史学
意义上的事实还原。我们或许期待倾听诗人与历史
的对话，这种期待注定要落空，对历史的抒情性书
写从"我"的感受出发，"我"想象了历史，历史
扩张了"我"抒情的疆域。轮回是好的，那些想
象中的美和好，终会兑现，可惜往世不可追，来世
不可待。《献给独克宗古城的十四行诗》，标题作
为悼词，追悼了一座古城和诗人对"王"的无比
眷恋。追悼即反复的召唤，如同指向历史的招魂。

　　组诗采用同一种格式，抒情形式上侧重语句的
重复从而加强情感回旋的力度，但由于缺乏具体、
充实的历史细节而显得空洞、稀疏。其格局与气象
变化被限定在想象之中，以抒情的感发遮蔽事件细
节，使历史被个体重新书写、建构。这条道路必定
要面临一些问题：抒情诗的"情"是否因为个体体
验的真实性而可以直接转换为诗歌语言？体验的真
实与实际的真实之间是否可以任意穿行？

　　组诗从第三十三首开始几乎全部转向了纯粹的
个体抒情。对独克宗古城的历史性书写终结于第三

十二首《历史》，随后古城变成了一个符号，一个故事的背景，一个"虚度美好光阴"的做梦之地。

历史事件撑起的大气象无法延续。这是因为后来的历史不能为"我"所用，还是因为诗人的个体性抒情不在得其大而在得其小？不管如何，个体之感受性对于"我"是最真实的，海男选择这种历史性个体抒情的诗歌道路，无可厚非。

海男强大的内在自我，使得她不论写身体、云南，还是爱情、历史，都是在写贯穿其中的自己。就像一位魔法女巫，她在语言的森林中历险，将所见、所想、所思之物笼罩在自己的气息里，以致其诗常处于一种神秘的光辉中，仿佛峰顶和塔尖透过薄雾而变得玄幻、柔和。整体而言，海男基于内在自我的虚幻想象和个体抒情，显示了女性情感、知觉对事物及存在的独特渗透、蔓延，她对身体经验的私己性书写、对云南的虚幻化想象、对爱情的女性化感知及嵌入历史的个体性抒情，从不同方向拓展了当代汉语抒情诗写作的探索路径。

自　跋

　　李森老师邀请我们参加他主持的"漂移"丛书，这份来自恩师的特别邀请，我心怀感激，当然欢欣应之。李老师学识渊博，学术造诣深厚，对人世悲欢及万物枯荣常怀慈悲之心。有幸跟随学习多年，师之才德，如春风化雨，润物无声。这部书稿也倾注着李老师的不少心血，它即将出版，让我深受鼓舞。

　　书稿辑录的是近几年写的部分文章，它包含着我对文学的理解与思考。中国正进入一个飞速变化的时代，在经验主义、趣味主义写作流行的今天，文学怎样回归本位？作家如何表达所处时代面临的精神难题？自知学术根基尚浅，所写所论微不足道，却也希望选文能成为一路思考与追问的渺小见证。

　　感谢于坚老师引领我通过对"第三代"诗歌的研究，走向学术之门。感谢宋家宏老师带领我们参加"云大评刊"，以及一同为云南青年评论家成长搭建平台的《边疆文学·文艺评论》，这是我能持续关注云南作家作品的动力之一。感谢王新老师多年的关心、指引。感谢王凌云老师日常的精妙点拨。

感谢龙晓滢师姐和符二纵我贪心尽享纯洁无瑕的革命姐妹情。感谢方婷、振华、纪梅、邱健、戴晓等友人素日对我的帮助。感谢李明兄的沟通统筹和细心勘校。是你们，让我不管身在何处，都能感受到同门的照拂。

诸君厚爱，无以为报。唯有勤勉不怠，以求不负关怀。

朱彩梅

二零一七年六月记于德宏梁河